Fritz Brentano

Der Weber von Lyon - Schauspiel in 3 Akten

Fritz Brentano

Der Weber von Lyon - Schauspiel in 3 Akten

ISBN/EAN: 9783743643994

Hergestellt in Europa, USA, Kanada, Australien, Japan

Cover: Foto ©Andreas Hilbeck / pixelio.de

Weitere Bücher finden Sie auf **www.hansebooks.com**

Der

Weber von Lyon,

Schauspiel in 3 Akten

von

Fritz Brentano.

Als Manuscript den Bühnen gegenüber.

Cassel.

Druck von Gebr. Gotthelft.

1869.

Personen.

Charles Jacquard.

Madelaine, seine Frau.

Louison,
Pierre, } beider Kinder.

Lord Francis Kyffington.

Etienne Morié, Stadtrath.

Paul, sein Sohn.

Louis Michonet.

Nicole, Weber.

Ein Schließer.

Zwei Gerichtsdiener. Rathsherren. Bürger.

Ort der Handlung: Lyon. Zeit: 1805.

Erster Aufzug.

Wohnung Jacquard's.

———

1. Auftritt.

Madelaine, Louison (rechts am Tisch arbeitend), Pierre (links zeichnend).

Louison.

Wo nur der Vater heute bleibt? Es ist schon vier Uhr, und noch ist er von seinem Spaziergang nicht zurück.

Pierre.

Spaziergang? Er geht gar nicht spazieren. Gewiß sitzt er wieder in Staub und Moder bis über beide Ohren.

Madelaine.

Was schwatzt der Junge da für tolles Zeug? In Staub und Moder? Geht der Vater nicht immer um diese Zeit spazieren?

Pierre.

Ja, auf dem Speicher eines alten Hauses, in welchem er seit drei Wochen seine Nachmittage verbringt.

Madelaine.

Auf dem Speicher eines alten Hauses? Wie?

Louison.

Laß hören, Pierre,

Pierre.

Ihr kennt doch das Haus Gerard's, des alten Seiden-
webers, der nebenbei so ein halber Mechaniker war, und vor
drei Wochen gestorben ist? Der Vater wohnte der Beerdigung
bei und sah dort in einem Winkel des Corridors eine halb
vollendete Spinnmaschine. Nach seiner Gewohnheit untersuchte
er dieselbe näher, und interessirte sich wie es schien sehr dafür,
denn er ließ sie einige Tage später auf den Speicher schaffen,
wo noch mehr solch altes Gerümpel lag, und dort sitzt er nun
jeden Nachmittag, und passt und macht an der alten Maschine
herum.

Louison.

Woher weißt Du denn das?

Pierre.

Louis, der Sohn Gerard's hat es mir gesagt.

Madelaine.

Immer mit diesen Webstühlen beschäftigt. Dieses Arbeiten,
dieses ewige Denken und Forschen wird noch seine Gesundheit
untergraben. Nicht einmal die Erholung eines Spazierganges
gönnt er sich mehr. (Seufzend.) Wenn es doch unserem armen
Vater endlich einmal gelingen möchte, seinem redlichen Streben
die Geltung zu verschaffen, welche es gewiß verdient.

2. Auftritt.

Vorige. Michonet
(ist bei den letzten Worten eingetreten und hat sie im Hintergrunde mit
angehört).

Michonet (vortretend).

Es wird ihm gelingen, Madame Jacquard, es wird ihm
gelingen, sage ich Ihnen, ich, François —

Pierre (lustig einfallend).

Hector, Louis Michonet, Violinist der Opéra Comique
zu Lyon, der mir einige Stücke Violinsaiten versprochen hat,
welche er hoffentlich in der Tasche tragen wird.

Madelaine.

Ei, ei, Pierre! Guten Tag, Herr Michonet.

Michonet.

Laſſen Sie ihn doch, den Springinsfeld, meine gute Dame. Guten Tag, allerſeits, guten Tag!

Louiſon.

Beſten Dank, Herr Michonet.

Michonet (mit Humor).

Was da: „Herr Michonet!" Wie oft habe ich Sie gebeten, mich nicht mehr „Herr Michonet" zu nennen. Das klingt so förmlich, so fremd. Nennen Sie mich Freund — meinetwegen Freund Louis — ja nennen Sie mich Pathe Louis — oder noch beſſer „lieber Pathe;" denn ich bin Ihr wirklicher, leibhaftiger Pathe, und mit diesen beiden Armen habe ich Sie über das Taufbecken gehalten. Freilich waren Sie damals etwas kleiner als heute und kaum so schwer als meine Violine. War ich doch selbst erst sechszehn Jahre alt. Ich verlange also meinen rechtmäßigen, mir gebührenden Titel. Nun — nun —

Louiſon (lächelnd).

Nun ja, Sie sollen ihn künftig haben — — lieber Pathe —

Michonet.

So laſſe ich es mir gefallen. Wie ich da zufällig aus den Paar Worten, die ich beim Hereintreten erhaschte, entnahm, so drehte sich das Gespräch gerade um die Angelegenheiten Ihres Mannes, meines lieben Freundes Jacquard — denn das ist er, wenn er auch um so und so viel Jahre älter ist als ich. (Sich nach und nach in die Hitze redend.) Was aber seine Arbeiten — seine Projekte — seine Erfindung betrifft, o, so seien Sie ihret=wegen ganz außer aller Sorge; die brechen sich Bahn, und wenn sich Ihnen noch zehn Mal mehr Dummheit, Unverstand und Neid in den Weg stellten. Ich verstehe von all dem Maſchinenweſen nicht so viel, (bläst durch die Finger) allein wenn

Jacquard mit seiner ruhigen, klaren Stimme das so auseinander-
setzt, wenn ich so sehe, wie er das Alles zum Wohle der
armen, unter dem Joche ihrer Webstühle gekrümmten Seiden-
Arbeiter thut, wenn ich ihm dabei in seine guten, treuen Augen
und mehr noch in sein menschenfreundliches Herz schaue, da
fühle ich, daß er Großes leisten, ein Wohlthäter der Menschheit
werden wird, — — was sage ich werden wird — nein, ver-
mittelst dieser Erfindung schon geworden ist, und daß nur die
Bornirtheit und der Unverstand der Menschen daran Schuld
sind, daß sie seine Wohlthat nicht schon längst genießen.

Madelaine (gerührt.)

O, Herr Michonet, wie soll ich Ihnen danken für Ihre
freundlichen Worte, die so recht aus der Tiefe eines treuen
Herzens kommen.

Michonet.

Was da! Ich habe nur gesagt, was wahr ist, und kein
Jota mehr.

Louison (reicht ihm die Hand.)

Sie sind ein lieber, guter Mensch, Pathe Michonet, und
auch ich bin Ihnen von Herzen dankbar für Ihre Liebe zu
unserem guten Vater. Ich wollte, ich könnte Ihnen das durch
die That beweisen.

Michonet (für sich.)

O, wenn Sie wüßte — (laut.) Uebrigens, wo steckt denn
Jacquard heute? Er ist doch sonst um diese Stunde gewöhnlich zu Hause.

Madelaine.

Pierre meinte, er sei in der Wohnung des jüngst verstorbenen Webers Gerard.

Michonet.

Nun, und über die Preisfrage noch gar keine Nachricht?

Madelaine.

Bis jetzt noch Nichts. Allein Jacquard meint, zwischen heute und morgen müsse die Entscheidung erfolgen.

Michonet.

Doch, ich vergesse die Hauptsache — ich komme als Abgesandter meiner Schwester, welche die Familie Jacquard feierlichst zu einer Tasse Thee einladen läßt, und gewiß schon eine gute Weile ihrer harrt. Also bitte, verderben Sie der treuen Seele ihre Freude nicht.

Pierre (jubelnd.)

Ah, wir werden Mademoiselle Marie besuchen, die so schöne Lieder singt. Das ist herrlich! (ab nach links.)

Madelaine.

Ich würde der freundlichen Einladung gerne folgen, allein da mein Mann noch nicht zu Hause ist —

Michonet.

Machen Sie sich deßhalb keine Sorge, Madame. Gehen Sie getrost mit den Kindern, ich werde Jacquard hier erwarten und mit ihm nachkommen.

Louison.

Ja, Mama, so geht es ganz gut. Der Vater wird gewiß bald kommen und unterdessen kramen wir unsere kleinen Geheimnisse mit Mademoiselle Marien aus und helfen ihr den Thee bereiten.

Madelaine.

Nun, mir auch recht. Geh, Louison, hole unsere Tücher und Hüte, und sage Pierre er soll sich fertig machen.

Pierre
(ist bei diesen Worten eingetreten und trägt die Umschlagetücher und Hüte der Frauen.)

Ist, schon geschehen, Mama; Hier ist Alles und nun vorwärts, meine Damen!

Madelaine.

Ei der Tausend! Du hast ja gewaltige Eile!

Louison.

Das glaube ich, er ist in Mademoiselle Marie bis über beide Ohren verliebt. (Gehen in den Hintergrund und machen sich fertig.)

Pierre.

Warte Du! (zu Michonet.) Sie kommen doch auch mit, Herr Michonet?

Michonet.

Ich treffe später ein, mein Junge; ich erwarte noch Deinen Vater, welcher auch von der Partie sein wird.

Pierre,

J, der Vater! Den hatte ich ganz vergessen.

Michonet (kneipt ihn in das Ohr.)

Dafür haben wir an ihn gedacht.

Mabelaine.

So, da wären wir fertig. Komm, Pierre! Auf Wiedersehen, Herr Michonet.

Pierre (wichtig.)

Und hüten Sie ja das Haus gut, damit es nicht fortgetragen wird. (Ab mit seiner Mutter.)

Louison

(welche sich bisher noch vor dem Spiegel zu thun machte.)
Herr Pathe!

Michonet.

Sie wünschen, Louison?

Louison.

Ich danke Ihnen auch herzlichst, daß Sie so gut über unseren lieben Vater sprachen — Dank — herzlichen Dank — Sie lieber — guter Pathe! (rasch ab.)

3. Auftritt.

Michonet (allein.)

Was war das? Sie sah mich so sonderbar an — so —

so — ich finde gar keinen richtigen Ausdruck dafür. Sie sprach in einem Tone — in einem Tone, der fast wie Liebe klang. Liebe! Hahaha! Dummes Zeug! Was Du dir nicht einbildest, Freund Michonet! (tritt an das Fenster.) Da geht sie hin; so zierlich, so fein, so nett, das liebe, herzige Wesen. O, Michonet, Michonet! Alter Junge! Bist so lange allein auf der Welt herumgelaufen, um dich mit deinen 36 Jahren in ein Kind, das du zur Taufe gebracht hast, bis über beide Ohren zu verlieben. Es ist eigentlich lächerlich, höchst lächerlich — aber es ist einmal so, und ich kann es nicht mehr ändern. Hundert Mal habe ich mir vorgenommen, das Haus nach und nach zu meiden, nicht mehr hierherzukommen, und nicht ein einziges Mal ist es mir gelungen, diesen Vorsatz auszuführen. Wenn ich wenigstens den Muth hätte, ihr frischweg zu sagen, wie es mir um das Herz ist. — Sie kann mir höchstens einen Korb geben, und die Sache ist abgemacht. (Seufzend.) Ja, abgemacht! Giebt sie mir diesen Korb wirklich, so kann ich mit Ehren nicht mehr in das Haus kommen. Und sie nicht mehr sehen — nicht mehr mit ihr plaudern — mit ihr scherzen und lachen! — Nein, nein, da will ich doch lieber noch warten mit der Erklärung, bis sich eine ganz gute Gelegenheit dazu findet. — Eine Gelegenheit! Damit tröste ich mich seit einem vollen Jahre. Als ob es überhaupt einer Gelegenheit bedürfe, vor sie hinzutreten, und ihr zu sagen: „Meine gute Louison! Ich liebe Sie von ganzem Herzen, und wenn Sie über den Unterschied der Jahre, welcher zwischen uns herrscht, und auch sonst über meine Fehler und Mängel hinwegsehen und sich entschließen könnten, mich zum Manne zu nehmen, so würde ich Alles aufbieten, Sie so glücklich zu machen, wie Sie es verdienen." (Entschlossen.) Ja, ja, so werde ich sprechen, so und nicht anders; und zwar so bald als möglich, (zaghaft.) Das heißt, wenn sich eine Gelegenheit dazu findet. Natürlich! Ich glaube, jetzt wäre ich in der richtigen Stimmung. Was kann sie Alles an mir auszusetzen haben? — Die Jahre! — Nun so ganz alt bin ich denn doch auch noch nicht, und ich denke, ich darf mich schon noch sehen lassen. — Ich bin ein armer Teufel! Allein, was ist Jacquard anders? O pfui, Michonet! Jacquard ist ein Mann von Verdienst — dem ein Name — eine ruhmvolle Zukunft, ja die Unsterblichkeit winkt. Was bist du gegen ihn? Und doch — ich kann mir auch einen Namen machen — ich habe eine Oper geschrieben. Hahaha! Ja, aber kein Theater will sie aufführen, und ich selbst habe, was das traurigste ist, die moralische Ueberzeugung, daß sie nichts taugt. — Ich habe freilich eine gute Anstellung bei der Opéra comique, allein verliere ich heute diese Stelle, so kann ich morgen meine Violine unter den Arm nehmen, und auf den Jahrmärkten irgend einem Bären zum Tanze aufspielen. Hahaha!

4. Auftritt.

Michonet. Jacquard
(welcher während des Gelächters eintritt.)

Jacquard.

Sieh da, Freund Michonet, und, wie es scheint, in der heitersten Laune. Guten Tag, mein Junge! (reicht ihm die Hand.)

Michonet.

Guten Tag, Jacquard, guten Tag!

Jacquard.

Aber Du bist ja ganz allein — wo steckt denn meine Frau mit den Kindern?

Michonet.

Sie sind ausgegangen. In die Theevisite zu meiner Schwester Marie. Du solltest auch mit, allein, da Du Deine Rückkehr so lange verzögertest,. beredete ich sie, einstweilen voraus zu gehen, und versprach, mit Dir nachzukommen. Wo warst Du denn den ganzen Nachmittag, Du Ausreißer?

Jacquard.

Ich war in der Wohnung des verstorbenen Gerard.

Michonet.

Bis jetzt?

Jacquard.

Ja. Ich konnte mich nicht von einer angefangenen Spinnmaschine trennen, welche ich nach dem Begräbnisse Gerard's in
dessen mechanischem Nachlasse vorfand. Ich hatte mich schon
seit einigen Tagen bemüht, mich in dem Chaos der einzelnen
Theile zurechtzufinden und erst heute gelang mir dies.

Michonet.

Und das Resultat?

Jacquard.

Lohnt die viele Mühe, welche mir die Arbeit gemacht,
durchaus nicht. Denn siehst Du, während es unser Bestreben
sein soll, die vorhandenen Webstühle und Spinnmaschinen mög-
lichst zu vereinfachen, und so dem armen Arbeiter eine Erleich-
terung seines schweren Tagewerks zu verschaffen, ist die projec-
tirte Maschine Gerard's noch weit complizirter, und in Folge
dessen viel anstrengender zu dirigiren, als die in Gebrauch ste-
henden.

Michonet.

Was wäre dann aber der Nutzen dieser Gerard'schen Verbesserung oder Erfindung?

Jacquard.

Der Nutzen? Hm! Der Nutzen wäre, daß die Maschine
Gerard's in kürzerer Zeit, bei härterer Arbeit, eine größere
Quantität Waare liefert, als unsere jetzigen, und ist somit auf
Seiten des Fabrikanten. Allein, mein Freund, meine Ansicht
ist, daß jede neue Erfindung oder Verbesserung — nicht nur im
Gebiete der Seidenweberei — nein, jeder Art von Industrie —
einen doppelten Zweck haben muß. Vor Allem Erleichte-
rung des harten Looses der arbeitenden Klasse, und
dann Vermehrung der Productionskräfte unserer mechanischen
Einrichtungen. Kann ich diese beiden Zwecke nicht vereinen, so
genügt mir die Erreichung des ersteren. Eine Verbesserung
aber, welche nur den zweiten Zweck, die Bereicherung des Fabrikanten auf Kosten seiner Arbeiter, im Auge hat — eine solche

Verbesserung verwerfe ich unbedingt, und somit auch die Maschine Gerard's. Ich weiß, die Herren Fabrikanten wissen mir wenig Dank für diesen Grundsatz, den ich schon hier und dort öffentlich ausgesprochen — allein dies erschüttert ihn nicht im Mindesten.

Michonet (drückt ihm die Hand.)

Es ist der Grundsatz eines edlen Herzens. Allein ich begreife nun, daß sie einem Manne entgegenarbeiten, der solche Gesinnungen an den Tag legt.

Jacquard.

Obwohl ich glaube, mit meiner Erfindung beiden Theilen gerecht geworden zu sein, wundert mich dennoch der Widerstand der Fabrikanten gegen die Einführung derselben nicht; er ist begründet in dem Widerwillen, den sie, mit wenig Ausnahmen, gegen meine Grundsätze über das Fabrikwesen haben. (Schmerzlich.) Daß aber die Arbeiter, deren Wohl ich mich opfere, daß sie, deren Glück all' mein Sinnen und Trachten ist, mich so verkennen, ja verspotten und verachten — siehst Du, Michonet, das — das hat mir schon manche schwere Stunde bereitet, die ich nur trug, in der Hoffnung einer besseren Zukunft.

Michonet (warm.)

Und sie täuscht Dich nicht, diese Hoffnung, mein armer Freund! Nein, gewiß nicht. Es müßte ja keine Gerechtigkeit mehr geben, wenn solch ein Herz unbelohnt bliebe.

Jacquard (fährt sich über die Stirn.)

Doch genug davon! Komm laß' uns gehen. Ich sehne mich nach meiner Frau, nach meinen lieben Kindern. Sie sind mein Trost und meine Freude. Pierre, der Junge, berechtigt zu den schönsten Hoffnungen — gebe nur der Himmel, daß es ihm einst besser ergehe, wie seinem Vater. Und Louison, bemerkst Du nicht, wie sie mit jedem Tage schöner erblüht?

Michonet (feurig.)

Sie ist ein herrliches Mädchen.

Jacquard.

Sie ist auch mein Stolz; Dir darf ich es schon sagen, mein Freund; das Herz geht mir auf, so oft ich sie ansehe.

Michonet (verlegen.)

Und — hast Du noch nie daran gedacht, sie zu verheirathen.

Jacquard (lächelnd.)

Nein, mein Junge; solche Gedanken überlasse ich meiner Tochter selbst, und wünsche nur, daß sie sich einen Mann erwählt, der sie recht glücklich macht. (Kurze Pause. Mit einem Seitenblick auf Michonet.) Ich wüßte wohl Einen, der dies könnte — (Michonet erschrickt,) allein es wird wohl nie zu einer Ehe zwischen den Beiden kommen.

Michonet (aufathmend, bei Seite.)

Gott sei Dank!

Jacquard (für sich.)

Er versteht mich nicht. (Laut.) Apropos, weißt Du wohl, wer mir heute begegnete, und mich zu meinem unaussprechlichen Erstaunen mit grinsender Höflichkeit anredete?

Michonet.

Nun?

Jacquard.

Morié, der sich stets so viele Mühe gab, seine Verachtung für den armen Teufel Jacquard an den Tag zu legen, weil dieser es wagte, Verbesserungen an Webstühlen anbringen zu wollen, die er, der reiche Fabrikant und was mehr, der gelehrte Stadtrath, für vollkommen befunden hatte.

Michonet.

Und er sprach Dich an?

Jacquard.

Ja, und zwar mit einer lärmenden Höflichkeit, welche die Blicke aller Vorübergehenden auf uns lenkte.

Michonet.

Sollte die Pariser Entscheidung zu Deinen Gunsten ausgefallen sein und er vielleicht schon Nachricht davon haben?

Jacquard.

Das glaube ich nicht; übrigens, weil wir gerade auf diesen Gegenstand zu sprechen kommen, so muß ich Dir sagen, daß ich trotz der scheinbaren Ruhe, die ich meiner Familie gegenüber bewahre, diese Entscheidung mit großer Ungeduld erwarte. Ich will Dir auch sagen, weshalb.

Michonet.

Du machst mich neugierig.

Jacquard.

Erhalte ich den Preis, so bin ich der glücklichste Mensch, denn er erlaubt mir, eine Schuld zu tilgen, die schon lange wie ein Alp auf mir lastet. Du weißt freilich von der Geschichte nichts — es ist schon lange her und Du warst damals in Paris angestellt. Als ich nämlich den Plan faßte, meine Erfindung in das Werk zu setzen, fehlte es mir an den nöthigen Mitteln dazu. Der Banquier Simon erbot sich, mir 1500 Franken auf einen Wechsel vorzuschießen, mit dem Bemerken, daß ich denselben ganz nach Belieben einlösen könne; er würde mich nie wegen der Schuld drängen. Er hat dies Versprechen auch redlich gehalten, obwohl Jahre darüber vergangen sind, ohne daß ich im Stande war, die Summe zurückzuerstatten. Allein seit einigen Monaten schon hat er sein Benehmen gegen mich auffallend verändert, und zwar derart, daß es mir klar geworden, daß es der Verläumdung gelungen ist, auch diesen Gönner in die Reihen meiner Feinde hinüberzuziehen. Wie schmerzlich mir es aber ist, einen solchen Mann zum Gläubiger zu haben, kannst Du Dir leicht denken, um so mehr, da ich stündlich besorgen muß, daß der längstverfallene Wechsel mir präsentirt und ich dadurch in die peinlichste Verlegenheit gebracht werde.

Michonet.

Mein armer Freund! Kannst Du Dir denn die 1500 Franken nicht anderwärts verschaffen?

Jacquard (zuckt die Achseln.)

Daß ich nicht wüßte! Und dann, was nützte mir das? Ich wechsle den Gläubiger, und die Sache bleibt im Grunde dieselbe. Doch komm! (Es klopft.) Ein Besuch, wie es scheint! Herein!

Michonet.

Ein Fremder?

5. Auftritt.

Lord Kysington. Vorige.

Lord (verbeugt sich höflich.)

Man hat mir dies Haus als die Wohnung des Herrn Jacquard bezeichnet; habe ich vielleicht die Ehre, in einem der beiden Herren den Erfinder des mechanischen Webstuhles vor mir zu sehen?

Jacquard (sich verbeugend.)

Mein Name ist Jacquard, mein Herr; darf ich fragen, wer mir die Ehre schenkt?

Lord.

Ich bin Francis Kysington, Peer von England und Mitglied der Gesellschaft zur Hebung der Industrie in London. Diese Gesellschaft hat mich mit dem Auftrage beehrt, über eine Angelegenheit mit Ihnen zu verhandeln, welche nicht sowohl von hoher Bedeutung für uns ist, als auch für Sie entscheidend über Ihre ganze Zukunft werden kann.

Jacquard (einen Sessel präsentirend.)

Bitte Platz zu nehmen, Mylord!

Lord (zögert, mit einen Blick auf Michonet.)

Dieser Herr?

Jacquard.

O, ich vergaß — (vorstellend.) Herr Louis Michonet, Musiker der Oper, mein bester Freund, vor dem ich durchaus keine Heimlichkeit habe. Wenn also von Ihrer Seite kein Hinderniß im Wege steht, so wäre mir es lieb, Mylord, wenn er unserer Unterredung beiwohnen könnte.

Lord (verbindlich.)

Ich werde es mir zur Ehre schätzen, Herr Michonet.

Michonet.

Sehr gütig, Mylord, sehr gütig!

(Setzen sich.)

Lord.

Auf der Pariser Ausstellung im Herbste 1801, hatte ich Gelegenheit, die von Ihnen erfundene Hilfsmaschine für Musterweberei zu sehen. Da ich mich gerade mit der Hebung dieses Industriezweiges in meinem Vaterlande lebhaft beschäftige, so erkannte ich sogleich, welche Vortheile durch Anwendung dieses Webstuhles für die Seidenweberei entstehen würden. Ich beschloß daher Alles aufzubieten, diese Erfindung England als Eigenthum zuzuwenden und hätte diesen Vorsatz auch sogleich ausgeführt, wenn nicht eine wichtige Reise auf dem Continent mich daran verhindert hätte. Vor kurzer Zeit nach London zurückgekehrt, erfuhr ich, daß es mit Ihrer Angelegenheit noch gerade so stände wie damals, das heißt — —

Jacquard (lächelnd.)

Daß noch keine einzige Fabrik sich meines Webstuhles bediene. Leider ist dem so, Mylord.

Lord.

Ich machte sogleich die Gesellschaft auf Sie aufmerksam, und setzte meinen Collegen die Vortheile auseinander, welche durch die Erwerbung Ihrer Erfindung unserer Industrie werden müßten. Man billigte nicht nur meinen Plan bezüglich des Ankaufs, ja, die Gesellschaft ging noch weiter und bevollmächtigte mich, Sie selbst, Herr Jacquard, für mein Vaterland, für die Industrie Englands zu gewinnen.

Jacquard (verlegen.)

Mylord!

Lord.

Ich gehe also gleich zur Hauptsache über und biete Ihnen, falls Sie gesonnen sind, das Eigenthumsrecht Ihrer Erfindung, ein Modell und die genügende Erklärung der Maschine an uns zu überlassen, eine Entschädigungssumme von 40,000 Franken, welche Ihnen sofort ausbezahlt werden, wenn der betreffende Vertrag zwischen uns abgeschlossen ist.

Michonet (leise zu Jacquard.)

40,000 Franken! Parbleu! ein hübsches Sümmchen, hast Du gehört, Jacquard!

Lord.

Ferner macht Ihnen die Gesellschaft den Vorschlag, Ihren Aufenthalt in London zu nehmen, und bietet Ihnen zu diesem Zwecke eine vollständig eingerichtete Wohnung im Akademiegebäude, nebst einem Jahrgehalt von 4000 Franken an, wogegen Sie einige talentvolle Zöglinge unterrichten werden. Dies, mein Herr, sind die Vorschläge, welche ich Ihnen zu machen habe, und bitte ich Sie, mir gefälligst eine Zeit zu bestimmen, wann ich Ihren Entschluß vernehmen kann.

Michonet
(flüsternd zu Jacquard, welcher mit tiefem Nachsinnen zu Boden sieht.)

Was bedarf es da langer Entschließung? Sage ja, und die Sache ist abgemacht. O, ich freue mich köstlich auf die langen Gesichter, welche die Herren Fabrikanten von Lyon machen werden, wenn sie das erfahren.

Jacquard.

Stille, Freund Michonet, das verstehst Du nicht. (Nach kurzer Pause mit ruhiger Stimme zu dem Lord.) Ehe ich auf Ihr ehrenwerthes Anerbieten antworte, Mylord, erlauben Sie mir, Ihnen einen kleinen Abriß meiner Lebensgeschichte zu geben.

Lord (verbeugt sich verbindlichst.)

Michonet (für sich.)

Wo soll das hinaus?

Jacquard.

Ich bin der Sohn eines Webers. Mein Vater war Arbeiter in einer der größten Fabriken Lyon's, und meine Mutter beschäftigte sich zu Hause an dem Webstuhl. Als Knabe saß ich ihr oft gegenüber, und schaute träumend der Arbeit zu, welche mir anfangs gefiel — vielleicht, weil sie viel Geräusch machte. Aber sonderbar! So oft ich in das bleiche, abgezehrte Gesicht meiner Mutter sah, überlief es mich eiskalt, und ich bekam nach und nach einen tiefen Widerwillen gegen die Weberei, obwohl ich mir damals von diesem Gefühlswechsel durchaus keine Rechenschaft geben konnte. Das Bischen Lesen und Schreiben ausgenommen, welches man mich in den Abendstunden lehrte, genoß ich keinen Unterricht, weil mein Vater diesen für einen künftigen Weber, denn zu einem Solchen war ich bestimmt, durchaus für überflüssig hielt. So wurde ich zehn Jahr alt, und um diese Zeit verlor ich meine gute Mutter. Auf ihrem Todtenbette bat sie meinen Vater noch, mich nicht zu zwingen, ein Weber zu werden, wenn ich keine Lust dazu habe, und fügte hinzu, die Weberei habe sie getödtet. Ich hörte diese Worte, so leise sie auch gesprochen wurden, und in diesem Augenblicke ward mir die Abneigung klar, welche ich gegen das Geschäft meiner Eltern empfunden, so oft ich meine blasse Mutter an ihrem Webstuhle betrachtet hatte. Ich hätte mit meinem vierzehnten

Jahre auch in die Reihen jener Armen treten können, welche ihr Leben lang an den Webstuhl gebannt, verkümmern und verkrüppeln, und ein Geschlecht erzeugen, welches von Glied zu Glied körperlicher und geistiger verkommt und verelendet. Allein meine Abneigung ließ mich ein anderes Handwerk und zwar das eines Buchbinders wählen. Bei diesem Geschäfte gab ich mir alle mögliche Mühe, meinen vernachlässigten Geist so viel mir thunlich, auszubilden. Als mein Vater starb — ich war damals 20 Jahre alt — hinterließ er mir als einziges Erbe einiges Mobiliar und seinen Webstuhl. Ich beschloß, den letzteren zu verkaufen, da ich eine Zeit lang als Geselle zu reisen gedachte, und ging in der Absicht aus, einen Käufer zu suchen.

Lord.

Ich bin wirklich neugierig, zu erfahren, wie es kam, daß Sie sich einem Geschäft gewidmet haben, welches Sie so entschieden bei Seite gelegt hatten.

Jacquard.

Ich bin auf dem Punkte, Ihnen das mitzutheilen. (Ernst.) Mylord! Es giebt entscheidende Tage im Leben, sowohl der Menschheit, als auch des einzelnen Menschen. Jeder unter uns, so gering und unbedeutend er sein mag, hat seinen entscheidenden Tag gehabt, seinen Tag der Vorsehung, welcher seine Stellung — seine Verhältnisse — sein Leben entschied. In was immer für einer Weise es sein mag, jede Seele hat ihren Tag und auch der meine war gekommen. Ich ging, wie gesagt, einen Käufer für meinen Webstuhl zu suchen. Es war um die Mittagsstunde. Die Fabrik, nach welcher ich mich begeben wollte, wurde gerade geschlossen. Ich stand an einer Ecke still, und betrachtete den Strom der Menschen, welcher sich aus dem großen Thore ergoß. Da, Mylord, in diesem Augenblicke, als ich diese blassen, gekrümmten Gestalten, als ich diese Männer und Frauen sah, und mir dabei das Bild meiner längstverstorbenen Mutter wieder vor die Seele trat, in diesem Augenblicke überkam mich der Gedanke, daß ich dieser leidenden Menschenklasse mehr sein könne, als ein Bemitleider, daß ich mehr thun könne, als sie beklagen, daß ich versuchen könne, ihr zu helfen, ihr hartes Loos zu erleichtern. Es mag dies vielleicht wie Anmaßung klingen, Mylord, daß ich so spreche, allein in dem Augenblicke überkam es mich wie eine höhere Offenbarung. Ich dachte nicht an die Schwierigkeiten, an die Mühsale und Kämpfe, die mir bevorstanden, ich dachte nur daran, irgend etwas für meine armen Mitbürger zu thun, ihnen meine Kräfte — mein Leben zu weihen. Mein Tag war gekommen, Mylord, und was er mir gebracht, das wissen Sie theilweise (mit Bedeutung), aber auch nur theilweise. Sie wissen, daß ich eine Hilfsmaschine für Musterweberei erfunden habe, welche, wenn sie allgemeine Anerkennung fände, das Loos der arbeitenden Klasse bedeutend erleichtern würde. Was es mich aber gekostet, bis ich so weit war, und mehr noch, Mylord, was ich erlitten, seit ich jene Erfindung gemacht, welche das Glück meines Lebens bilden würde, fände sie in meinem Vaterlande die Anerkennung, welche ich ihr wünsche; was ich seit jener Zeit erlitten habe, das wissen Sie nicht, Mylord, und ich will Sie verschonen mit Aufzählung all des Elends, welches eines Theils die Stürme der Revolution, mehr aber der Hohn, der Neid und die Eifersucht meiner Feinde über mich gebracht haben. Ja, es kam so weit, daß ich eine Zeit lang meine Vaterstadt meiden und in den Gypsbrüchen von Bugey meinen Unterhalt suchen mußte. (Hält erschüttert inne.)

Lord.

Aber, mein Gott, sahen denn die Fabrikanten die Vortheile nicht ein, welche sowohl ihnen, als ihren Arbeitern aus der Benützung Ihres Webstuhles entspringen? Sahen sie denn nicht ein, daß mit dieser Erfindung eine neue Epoche der Seidenindustrie anbrechen müsse?

Jacquard (zuckt die Achseln.)

Lord.

Daß Sie Feinde und Neider haben, begreife ich sehr wohl; welcher Mann von Bedeutung hat die nicht! Allein, daß diejenigen, denen Ihre Erfindungen — Ihre Verbesserungen den größten Nutzen bringen könnten, nicht auf alle Weise trachten, Ihr Talent zu unterstützen, ist mir ein Räthsel, dessen Lösung ich vergeblich suche.

Jacquard.

Gerade unter diesen, Mylord, habe ich meine schärfsten Widersacher zu suchen.

Lord.

Unbegreiflich!

Jacquard.

Mir nicht so ganz. Es liegt in dem Geiste der meisten Menschen, Mylord, daß sie alles Neue mit mißtrauischen Augen betrachten; selbst wenn ihnen ein Vortheil damit geboten wird. Nennen Sie es den Geist der Negation. Wenn Sie einen Blick rückwärts auf die Geschichte aller Zeiten und Völker werfen, so werden Sie finden, daß alle die Männer, welche Neuerungen hervorriefen — Neuerungen oft der herrlichsten Art, allen möglichen Kämpfen und Leiden unterworfen waren; ja, oft ein Werk mit dem Tode besiegelten, das erst nach ihrem Hintritt eine Bedeutung gewann, die seinen Schöpfer, hätte er sie geschaut, mit stolzer Freude erfüllt haben würde. Haben wir nicht den größten Beweis dafür in dem Göttlichsten selbst — in dem Christenthume?

Lord.

Nicht bei allen Völkern finden sie diese Erscheinung des Verwerfens aller Neuerungen im Gebiete des Wissens und der Industrie. England dürfte ein leuchtendes Beispiel des Gegentheils sein.

Jacquard.

William Lee von Calverston, Mylord, erfand den Strumpfstuhl — gewiß ein herrlicher Fortschritt. Aus Furcht, der Handstrickerei damit Eintrag zu thun, wies selbst die große Königin Elisabeth seine Erfindung zurück, und er starb in Frankreich aus Gram darüber, daß seine langjährigen Bemühungen unbelohnt blieben. Nach seinem Tode beuteten Andere seine Erfindung aus, welche heute zur Wohlthat für eine ganze Menschenklasse geworden ist.

Lord.

Sie vergessen, daß Lee im 16. Jahrhundert lebte. Ich bezweifle sehr, daß er heute dasselbe Schicksal gehabt hätte.

Jacquard.

Und Hargreaves, Mylord? Wie ich, ein einfacher Weber, erfand er die erste Spinnmaschine. Was war sein Schicksal — ein Lohn? Nach einem Leben voll Haß, Elend und Verfolgung, starb er im Armenhause zu Nottingham, und zwar im letzten Drittel des 18. Jahrhunderts.

Lord.

Und mein Antrag, ist er Ihnen nicht Beweises genug, wie wir industrielle Talente zu schätzen wissen?

Jacquard.

Sie bringen mich auf den Hauptpunkt zurück, Mylord. Sie sehen, welche Mühen und Kämpfe mich mein Streben bisher gekostet hat, und ich verhehle mir nicht in welchem Maße dieselben auch ferner meiner harren dürften.

Lord.

Wie wäre das möglich, wenn Sie die Stellung annehmen, welche England Ihnen bietet?

Jacquard.

Wenn ich sie annehme, vielleicht nicht. Ich sage vielleicht — denn wer bürgt mir dafür, daß nicht gerade diese Stellung mir auch in Ihrem Vaterlande Feinde und Neider erweckt, deren Intriguen um so wirksamer, da sie gegen den Ausländer gerichtet sind.

Lord.

Dafür bürgt Ihnen die Gesellschaft, welche Sie nach England beruft.

Jacquard.

Kann sie das? Ich glaube kaum! — Allein, Mylord, das ist es nicht, was mich bestimmt Ihren Antrag, so sehr er mich ehrt, auf das Entschiedenste abzulehnen.

Michonet (leise.)

Alle Wetter! Was thust Du da?

Lord

(erhebt sich rasch. Die Uebrigen folgen seinem Beispiel.)

Wie, Herr Jacquard? ich bin auf das Höchste erstaunt. Sie weisen einen Vorschlag zurück, bei dessen Annahme Sie mit einem Male am Ziele Ihrer Wünsche, Ihres langjährigen Strebens stehen? Welche Gründe hätten Sie zu einem solchen Verfahren?

Jacquard.

Welche Gründe? Ich habe nur einen Grund, Mylord: der aber wiegt alle anderen auf: (ruhig und fest) Er heißt, Liebe zu meinem Vaterlande — zu meinen Mitbürgern! Ich habe Ihnen das Wenige aus meinem Leben mitgetheilt, Mylord, um Ihnen sagen zu können, daß ich dies Loos trug und auch ferner tragen werde, um ein Ziel zu erreichen, welches ich mir als die Aufgabe meines Lebens gesetzt habe. Dies Ziel aber ist die Wohlfahrt der Arbeiter Lyons, meiner Vaterstadt — Frankreichs, meines Vaterlandes. Ich habe Ihnen gesagt, Mylord, daß der Anblick des Elends unserer Seidenarbeiter mich bewog ein Geschäft zu ergreifen, das mir in der Tiefe der Seele verhaßt war; daß ihr trauriges Loos mich antrieb nach einer Erfindung zu ringen, welche ihre Lage erleichtern sollte. Und jetzt, da es mir endlich gelungen, diese Erfindung zu machen, sollte ich sie nützen zur Hebung der Industrie eines fremden Landes, zum Nachtheil meiner Mitbürger — meines Vaterlandes? Ich soll sie verkaufen, um damit Auszeichnung von einem fremden Volke — Reichthümer von England zu erlangen? Nie, Mylord, nie!

Lord (nach einer Pause.)

Ich gebe zu, Herr Jacquard, daß Ihr Ziel ein stolzes, ein erhabenes ist — allein, wie Sie bis jetzt gesehen — unerreichbar? Was haben Sie in den dreißig Jahren der Noth und Entbehrung, der Verfolgung und des Hasses gewonnen? Welche Verpflichtungen haben Sie noch einem Vaterlande gegenüber, das die Anstrengungen und Erfolge eines seiner genialsten Söhne mißachtet und verwirft? Welche Verpflichtungen Mitbürgern gegenüber, deren Wohl Sie Ihr Leben geopfert haben, ohne daß Sie mehr erreicht hätten, als ihren Neid, ihre Verfolgung erregt zu haben?

Jacquard.

Die heiligsten Verpflichtungen, Mylord, die durch all dies so wenig aufgehoben werden, als diejenigen des Sohnes, dem der Vater mit Unrecht zürnt, weil er die Liebe seines Kindes zu ihm nicht erkennen kann. Allein, Mylord, mit der Zeit erkennt er sie doch, und ich trage das Bewußtsein in mir, daß auch mein Vaterland einst erkennen wird, welcher Art die Bemühungen seines Sohnes Jacquard gewesen. Der Augenblick wird kommen und er wiegt alle Jahre des mühevollen Kampfes auf.

Lord.

Glauben Sie so fest an diesen Augenblick?

Jacquard.

Gewiß, Mylord. Gewiß! Es waltet über uns ein Geist, der jedem Ringer, sei es nun früher oder später, seine Krone reichet.

Lord.

Sie sind nicht mehr jung, Herr Jacquard, und — —

Jacquard
(schmerzlich lächelnd, ihn unterbrechend.)

Sagen Sie offen, ich sei alt, Mylord, und hätte vielleicht nicht sehr viel Zeit mehr übrig mein Ziel zu erreichen — das Resultat meiner Thätigkeit zu erwarten.

Lord.

Sie sprechen meine Gedanken aus, ich läugne es nicht.

Jacquard (tief bewegt.)

Nun so erblühe aus meinem Grabe die Frucht, die ich während meines mühevollen Lebens gesäet habe.

(Pause.)

Lord
(nach kurzer Pause, Jacquards Hand fassend.)

Herr Jacquard! Sie haben den schönsten Plan meines Lebens zu nichte gemacht. Aber dennoch bewundere ich Sie von ganzem Herzen, und kann nur das Vaterland beklagen, welches den edelsten seiner Söhne verkennt und mißachtet. Zu Frankreichs Ehre will ich hoffen, daß es sein Unrecht sühnt, und ich Sie in anderer Lage wieder finde, wenn mein Weg mich wieder an diese Küste führt. Sie erlauben mir wohl, Sie vor meiner Abreise nochmals zu besuchen?

Jacquard.

Ich werde es mir zur hohen Ehre rechnen, Sie wieder begrüßen zu dürfen.

Lord (sich verbeugend)

Meine Herren — — —

Michonet
(steht in tiefen Gedanken, ohne das Abschiednehmen des Lord's zu bemerken.)

Jacquard
(begleitet den Lord vor die Thüre.)

Michonet
(aus seinem Nachsinnen erwachend, geht rasch einige Male auf und nieder.)

Mir wirbelt das Hirn! — 40,000 Franken — Anstellung in London — Vaterland — Mitbürger — Alles dreht sich mit mir im Kreise. Und doch — doch Eines ist mir klar!

Jacquard
(der wieder eingetreten, ruhig.)

Und das ist?

Michonet
(dreht sich rasch gegen ihn, fällt ihm um den Hals, und umarmt ihn stürmisch, während er seine Rührung zu verbergen sucht.)

Daß Du der herrlichste Mensch, der beste Patriot und das treueste Herz bist, welches für Frankreich schlägt. Und wenn Dir das Vaterland nicht lohnt, nicht bald lohnt, so schäme ich mich des Namens „Franzose" — ich gehe nach Afrika, werde ein Hottentotte, und spiele den Kaffern zum Tanze auf!

(Der Vorhang fällt.)

Zweiter Aufzug.

(Zimmer wie erster Aufzug.)

---

1. Auftritt.

Morié. Paul, sein Sohn.

Morié
(öffnet die Thüre und streckt den Kopf herein.)

Es scheint Niemand hier zu sein. Wahrscheinlich so eine Art Vorzimmer. Treten wir also unangemeldet ein (tritt ein.)

Paul
(wird an der Thüre sichtbar.)

Aber, Vater, wollen wir nicht lieber warten bis — —

Morié.
(zieht ihn herein.)

Ah was — sans façon? Bei solch armen Schluckern muß man nie viel Umstände machen. Merke Dir das, mein Sohn.

Paul.

Ja, Vater; allein —

Morié.

Und wenn man gar wie wir kömmt, um ihnen das Glück in das Haus zu tragen, daß es ihnen so gleichsam vom Himmel fällt, da muß man sich erst recht ungenirt zeigen.

Paul.

Ja, Vater; allein die Mutter sagt immer, Bescheidenheit —

Morié.

Ah was! Deine Mutter ist eine Gans! Bescheidenheit! Du lieber Gott! Ein Lump ist bescheiden, also ist der, der bescheiden ist ein Lump. Ich aber bin kein Lump. Ich, Jean Baptiste Etienne Morié, Mitglied des Stadtraths, Fabrikant und Besitzer von 500,000 Franken, ich soll bescheiden sein? 's ist lächerlich — hahaha — — (sieht Paul an und lacht so lange fort, bis dieser einstimmt) bescheiden einem solch armen Schlucker gegenüber — hahaha.

Paul.

Wenn ich aber nun seine Tochter heirathe, da ist er doch kein armer Schlucker mehr?

Morié (erstaunt.)

Wie so? Deßwegen bleibe ich immer der reiche Morié und er der arme Jacquard. Diese Heirath ändert durchaus Nichts an der Sache.

Paul.

Wir machen aber dann doch e i n e Familie aus, Vater.

Morié
(sieht ihn groß an.)

Eine Familie? Fällt mir nicht im Traum ein.

Paul.

Das wird schon, meiner Frau wegen, nicht anders gehen, Vater.

Morié.

Es geht Alles, Laßt uns nur erst die Tochter haben; mit den Andern will ich schon fertig werden. Ist sie erst Deine Frau, so läßt man die ganze Familie links liegen, wirft ihr von Zeit zu Zeit so ein Paar hundert Franken hin, und die Sache ist abgemacht. Aber in das Haus sollen sie mir nicht kommen!

Paul.

Aber Louison wird eine solche Behandlung ihrer Eltern nicht dulden.

Morié (ruhig.)

Sie muß. Du hast ja das Geld. Ja, wenn sie reich wäre, (seufzend) wie Deine Mutter! Und sie wird auch. Wenn sie erst die reiche Madame Morié ist, wird sie ihre armselige Familie bald vergessen haben. Glaube mir, mein lieber Sohn, ich kenne das aus Erfahrung.

Paul.

Ja, das ist wahr, Vater. Ihr habt Eure Eltern recht wacker vergessen.

Morié (gleichgültig.)

Was sollte ich denn mit so armen Bauersleuten anfangen? Sie ins Haus nehmen? Gott bewahre mich vor der Schande! Ich habe ihnen jährlich hundert Franken geschickt, bis sie der Himmel zu sich nahm. Ja, wenn man reiche Eltern hat, wie Du, das ist etwas Anders. Die vergißt man nicht so leicht: nicht wahr, mein Söhnchen?

Paul.

Wie könnt Ihr so etwas denken, Vater?

Morié.

Ah, ich denke ja Nichts — durchaus gar Nichts.

Paul.

Vergeßt ja den Wechsel nicht, Vater!

Morié.

I, warum nicht gar! — Doch still man kommt.

2. Auftritt.

Vorige. Jacquard (von links.)

Jacquard
(im Arbeitsanzug, erstaunt.)

Sehe ich recht? Herr Morié? In meiner Wohnung? Welchem Zufall danke ich die Ehre dieses Besuchs.

Morié.

Kein Zufall, Freund Jacquard, kein Zufall! Ihr seid doch mein Freund, will ich hoffen?

Jacquard (mit Beziehung.)

Von meiner Seite aus können wir uns ohne alle Feind-seligkeiten begegnen. Ich wenigstens dachte Ihnen gegenüber immer so. (jetzt Stühle.)

(Setzen sich.)

Morié (leise zu Paul.)

Er stichelt! (laut.) So denke ich auch, und Ihr sollt gleich sehen, wie ich gegen Euch gesinnt bin. Ich werde Euer Glück machen.

Jacquard.

Mein Glück? In der That, ich bin neugierig — —

Morié.

Wie ich das anfangen werde? Das sollt Ihr gleich er-fahren. (Auf Paul deutend.) Da seht Euch mal den Jungen an, Freund Jacquard! Das ist der Paul, mein einziger Sohn. Werdet schon von ihm gehört haben! Das ist ein Kerl, wie Lyon keine Zwei aufzuweisen hat. Der ist noch pfiffiger als sein Vater, und erbt einmal baare 500,000 Franken, die ich verdient habe, und zwar mit Maschinen, hahaha, die Ihr nicht erfunden habt.

Jacquard.

Mein Herr! Sind Sie gekommen mir Beleidigungen —

Morié (erstaunt.)

Beleidigungen? Wer denkt denn daran Euch zu beleidigen? (bei Seite.) Mein Gott, wie empfindlich diese armen Teufel sind! (laut.) Ein unschuldiger Spaß, wie wir Stadträthe ihn oft machen.

Paul
(stößt ihn an, leise.)

So kommt doch mal zur Hauptsache, Vater!

Morié (leise.)

Laß mich nur machen! Erst die diplomatische Einleitung und dann die Kriegserklärung. (laut.) Doch um der Katze auf den Schwanz zu treten, wie mein seliger Vater immer sagte: Sagt mal, Freund Jacquard, Ihr habt 'ne Tochter?

Jacquard (für sich.)

Was soll das? (laut.) Ich habe eine Tochter, ja.

Morié.

Und sogar eine schöne Tochter, wie mein Sohn sagt, und der hat Geschmack.

Jacquard.

Doch, ich begreife nicht — —

Morié.

Wo das hinaus soll? Das glaube ich; dergleichen begreift sich nicht so leicht. Ich hab's auch lange nicht begreifen können von meinem Sohne. Nun seht mal — (zu Paul) jetzt gieb Acht! — nun seht mal, mein Paul wird Eure Tochter heirathen

Jacquard
(fährt von dem Stuhl auf.)

Wie? Treiben Sie Scherz mit mir, Herr Morié?

Morié (ruhig zu Paul.)

Das war ein Schlag! (laut.) Aha! Es wird Euch nicht gut — he - Freund Jacquard? Ja, die 500,000 Franken! Was? Solch einen Schwiegersohn habt Ihr Euch wohl nicht träumen lassen?

Jacquard.

Ihr Sohn wird meine Tochter heirathen? Wie soll ich das verstehen?

Paul (stotternd.)

Das heißt — ich — der Vater meint — ich wollte sie gern heirathen, wenn Ihr Nichts dagegen habt?

Morié.

Dagegen haben? Dummes Zeug! Was sollte er wohl dagegen haben? Seht, Freund Jacquard, ich wollte anfangs nicht einwilligen, denn Ihr werdet doch zugeben müssen, daß mein Paul ganz andere Partieen hätte machen können. Allein der Junge drohte mir mit Krankwerden und Sterben, und man will doch seinem einzigen Kinde nicht gerade vor den Kopf stoßen. Ich entschloß mich also — wie gesagt nur ungern — zu dem Besuche bei Euch. Ihr könnt freilich Eurer Tochter nichts mitgeben — allein, dafür hat mein Sohn desto mehr, und das hat auch eine gute Seite. Man kann der Frau besser den Daumen auf's Auge halten — meint Ihr nicht auch? Hehehe!

Paul (leise.)

Aber, Vater, das sollt Ihr doch nicht so geradezu sagen.

Morié.

Ah pah! Immer sans façon!

Jacquard.

Herr Morié, ich läugne es nicht, daß mich Ihr Antrag auf das Höchste überrascht. Nicht nur wegen des Unterschiedes unserer Vermögensverhältnisse, nein, mehr noch, weil ich gewohnt bin — — Sie verzeihen — den eifrigsten meiner Widersacher in Ihnen zu sehen.

Morié.

Ich Euer Widersacher? Ich? Wie käme ich dazu? Verläumdung, pure Verläumdung?

Jacquard (ruhig.)

Lassen wir alle Erörterungen über diesen Punkt, der uns ja Beiden wohl bekannt ist. Aber ich frage Sie, Herr Morié: wenn diese Heirath zwischen unseren Kindern wirklich zu Stande käme, wie wollten Sie sich dem Vater Ihrer Schwiegertochter gegenüber verhalten, mit dessen Gesinnungen und Bestreben Sie nie einverstanden sein könnten. Wie soll ich einem Manne gegenüber auftreten, den so nahe Bande an meine Familie

knüpfen, und der mir doch ewig fremd, ja feindlich gegenüber=
stehen wird? Fühlen Sie nicht, welch ein Riß durch dieses ge=
genseitige Verhältniß von vorn herein in das Familienleben un=
serer Kinder gemacht würde?

Morié
(hat mit offenem Munde zugehört, verdutzt.)

Ich verstehe das nicht ganz. Was meint Ihr damit?
Ihr weist also meinen Antrag ab?

Jacquard.

Wie könnte ich das, ohne meine Tochter mit demselben be=
kannt gemacht zu haben? Ich wünschte nur, Sie möchten Sich
nach dem, was ich Ihnen sagte, nochmals überlegen, ob ich ihr
überhaupt Ihren Antrag mittheilen soll, oder nicht.

Morié.

Zu was diese Umstände? (Dummstolz.) Mir scheint, Ihr
schätzt es Euch verdammt wenig zur Ehre, mit dem Stadtrath
und Fabrikanten Morié verschwägert zu werden?

Jacquard.

Ich schätze es mir zur Ehre, mit einem Biedermann ver=
schwägert zu sein, sei er nun Stadtrath und Fabrikant, oder
einfach meines Gleichen, wenn nur mein Kind glücklich wird.
Was aber das Zugreifen anbelangt, so ist dies meiner Tochter
Sache. Sie muß Ihren Sohn wollen, und ist dies der Fall
— in Gottes Namen.

Paul.

Ihr werdet wohl Eurer Tochter rathen, mich nicht zu
heirathen, wie es scheint, Nachbar Jacquard?

Jacquard.

Sie irren sich, junger Herr, wenn Sie dies glauben. Ich
rathe ihr nicht zu, nicht ab.

Paul.

Sie ist so schön. Sie ist die Perle von Lyon, und darum
will ich sie heirathen.

Morié.

Die Perle von Lyon! Habt Ihr gehört, Jacquard? Wie der Junge sich ausdrückt!

Paul.

Ja, das habe ich im Voltaire gelesen. Es heißt eigentlich, Perle von Paris, aber ich habe es corrigirt.

Morié.

Er hat den Voltaire corrigirt! Mein Sohn! Ja, das hat Geist. Also macht nicht lange Umstände, Jacquard, ruft Frau und Tochter, theilt Ihnen die Geschichte mit und ich sage Euch in 10 Minuten ist die Sache abgemacht.

Jacquard.

Nicht doch, Herr Morié, lassen Sie meiner Tochter die gehörige Zeit Ihren Antrag, welchen ich ihr mittheilen werde, in Erwägung zu ziehen.

Morié (ärgerlich.)

Ich muß wohl, da Ihr es wollt, obwohl ich nicht weiß zu was all diese Umstände gemacht werden. Und wann soll ich das Jawort für meinen Sohn holen? Denn Eure Tochter wird hoffentlich nicht so skrupulöse sein und sicher mit beiden Händen nach einem solchen Manne greifen.

Jacquard.

Besuchen Sie mich übermorgen wieder, und ich hoffe Ihnen genügenden Bescheid mittheilen zu können.

Morié.

Schön, also übermorgen! Komm, Paulchen!

Paul
(nochmals umkehrend.)

Ihr rathet Eurer Tochter nicht ab? Gewiß nicht, Nachbar Jacquard?

Jacquard.

Es bleibt bei dem, was ich gesagt.

Morié.

Na, so mach ein Ende und komm! Also bis übermorgen, Jacquard! Ich hoffe Ihr werdet vernünftig sein und nicht vergessen, wer Euch die Ehre eines solchen Antrags schenkte. (ab.)

3. Auftritt.

Jacquard
(allein, hat die Beiden einige Schritte geleitet.)

Ja, geh' nur, geh', Du aufgeblasener übermüthiger Dumm-kopf, der auf seinen Reichthum pochend, sich erlaubt jedem recht-schaffenen Armen mit Verachtung zu begegnen. Noch kann ich es kaum fassen. Er, der mich jahrelang verfolgte und begeiferte, meine Arbeiten, meinen guten Namen in den Koth zu ziehen suchte, er kommt und wirbt um mein Kind, für seinen ihm ebenbürtigen Sohn. Wahrlich, seine Affenliebe zu diesem Sohne muß sehr groß sein, daß sie ihn einen solchen Schritt thun ließ! Nimmer wird meine Tochter einwilligen — nimmer! Man wird mich freilich überall als einen hochmüthigen Narren aus-schreien, der trotz seiner Armuth, eine in den Augen der Welt so glänzende Versorgung für seine Tochter ausschlägt; denn ob das Herz, ob die Ehre „Ja" dazu sagen, darnach fragen die-jenigen ja nicht, bei denen Geld, Geld und immer Geld die Triebfeder ihrer Handlungen ist. (Geht unruhig einige Schritte auf und nieder.) Und jetzt gerade dieses — jetzt, wo ich mit fieber-hafter Spannung dieser Pariser Entscheidung entgegensehe. Sollte mir das Glück günstig sein? Es wäre der erste Licht-blick in meinem Leben voll Mühen und Kämpfen. - Wie? Bin ich nicht ungerecht? Und dieses Anerbieten des englischen Lord's? Ist es mir nicht ein ehrendes Zeugniß der Anerken-nung, die mir das industriellste Volk Europens spendet? Gewiß! und ich bin ein Undankbarer, gerade jetzt zu verzagen, wo ich die tröstliche Gewißheit erhalten habe, daß mein Leben doch kein verlorenes ist.

4. Auftritt.

Michonet. Jacquard.

Jacquard.

Sie da Michonet!

Michonet.

Guten Tag, Jacquard. (Für sich.) Jetzt muß es heraus. (Laut.) Du bist wohl beschäftigt im Augenblick?

Jacquard.

Beschäftigt? Nicht doch? Hast Du Etwas auf dem Herzen?

Michonet (für sich.)

Auf dem Herzen? Jawohl! (Laut.) Ich -- oh — es hat eigentlich keine Eile — (für sich.) Ich will lieber warten, bis sich eine Gelegenheit findet.

Jacquard.

Was hast Du denn? Du bist so sonderbar.

Michonet.

Ich wollte Dich nur etwas fragen — allein, da Du, wie es scheint beschäftigt bist, so —

Jacquard.

Ich sage Dir ja, daß ich nicht beschäftigt bin. Ueberhaupt sind meine Geschäfte nie derart, daß ich nicht für meinen besten Freund Zeit übrig hätte. Also sprich; was hast Du?

Michonet (für sich.)

Nun denn, Courage! Einmal muß es heraus.

Jacquard (für sich.)

Seltsam! Was hat er nur?

Michonet (sich umsehend.)

Sind wir ungestört?

Jacquard.

Ja; meine Frau ist mit den Kindern ausgegangen.

Michonet (für sich.)

Es ist die beste Gelegenheit. (Laut.) Du wirst es mir hoffentlich nicht übel nehmen?

Jacquard.

Mein Gott, das sind ja fürchterliche Vorbereitungen! Du machst mich ordentlich ängstlich. Was soll ich Dir nicht übel nehmen, Michonet.

Michonet
(nach einiger Anstrengung, herausplatzend.)

Für wie alt hälst Du mich?

Jacquard (für sich.)

Oho! Wo soll das hinaus? (Laut.) Wie kommst Du zu dieser Frage?

Michonet (ängstlich.)

Nein, ich bitte Dich, antworte mir. Bringe mich nicht aus dem Concept. Für wie alt hälst Du mich?

Jacquard.

Nun, so viel ich weiß bist Du ein Dreißiger.

Michonet.

Ein Dreißiger — jawohl — sechsunddreißig — das heißt noch nicht ganz.

Jacquard.

Was aber soll dies? Ich begreife nicht — — —

Michonet.

Du sollst es gleich begreifen, habe nur ein wenig Geduld. — Sieh, ich bin der Taufpathe Deiner Tochter — das heißt, ich habe sie über die Taufe gehoben — oder vielmehr — (für sich.) Allmächtiger, ich weiß gar nicht mehr was ich schwatze. (Laut.) Später ging ich einige Jahre nach Paris, und als ich wieder= kam — da war sie herangewachsen —

Jacquard (für sich.)

Wie? Sollte er Absichten — o wie glücklich würde mich das machen! (Laut.) Nun, so sprich Dich doch aus, alter Freund!

Michonet.

Alter Freund! O weh! (Laut) Ich habe sie immer recht gern gehabt.

Jacquard.

Ich bin davon fest überzeugt.

Michonet.

Was würdest Du aber dazu sagen, wenn ich Dich fragte, ob — ob —

Jacquard.

Nun, ob?

Michonet.

Ob sie mich auch leiden mag?

Jacquard
(reibt sich vergnügt die Hände.)

Aha! (Laut.) Ich würde sagen, Du möchtest dies meine Tochter selbst fragen.

Michonet.

Ganz richtig, ja! Indeß ich meine — ich —

Jacquard.

Höre, Michonet; Du weißt ich bin ein Mann, der gerne ohne Umschweife auf sein Ziel los geht. Du hast Etwas auf dem Herzen, also rücke mit der Sprache heraus! Was hast Du?

Michonet (für sich.)

Jetzt gilt es. (laut.) Ich will es Dir offen bekennen; ich kam um Dir zu sagen, daß ich entschlossen bin —

5. Auftritt.

Vorige. Madelaine. Louison. Pierre
(treten in diesem Augenblick ein.)

Michonet (bei Seite.)

O weh! Jetzt wäre es heraus!

Madelaine.

Nun, Charles, Du hast ja einen seltsamen Besuch gehabt? Guten Tag, Herr Michonet.

Michonet.

Besten Dank. (Grüßt Louison und reicht Pierre die Hand.)

Jacquard.

Ihr wißt — ?

Madelaine.

Ja wir sahen sie aus dem Hause treten; sie gingen dicht bei uns vorüber.

Louison (lachend.)

Hahaha, und grüßten — grüßten so gravitätisch, als ob sie weiß Gott wen vor sich hätten. Besonders Paul, der dumme Junge. Er sah noch komischer aus wie gewöhnlich. Was wollten sie denn hier?

Jacquard.

Was sie wollten? Meinen Schatz — mein bestes Kleinod.

Madelaine.

Deine Maschine?

Jacquard.

Fehlgeschossen! Etwas weit Kostbareres.

Louison.

Nun, was ist es denn, Väterchen? Sei nicht so geheim=
nißvoll!

Pierre.

Schieße los, Papa!

Madelaine.

Etwas Kostbares — Dein bestes Kleinod —? (wirft
einen Blick auf Louison.)

Jacquard.

Oder besser gesagt unser bestes Kleinod — unser Kind
— Dich Louison.

Madelaine.

Also wirklich? Ahnte mir doch so etwas.

Michonet
(starrt ihn mit offenem Munde an.)

Louison (erschrocken.)

Mich? Was soll denn das heißen, Vater?

Jacquard.

Mit einem Worte — der alte Morié hat für seinen
Sohn Paul um Deine Hand geworben.

Michonet (schreiend.)

Alle Wetter!

Louison (ebenfalls.)

Ach, du lieber Gott!   (zusammen.)

Pierre.

O du alter Spitzbube!

Louison.

Mutter, liebe Mutter, ist es denn möglich?

Madelaine.

Der Vater sagt es, also — —

Jacquard.

Es ist so, mein Kind; und Du hast jetzt das Recht — ja, ich bitte Dich darum, Louison, Dich offen über diesen Antrag vor den Deinen auszusprechen.

Michonet
(rasch, Louisons Hut statt des Seinigen ergreifend.)

Da will ich mich doch gleich entfernen.

Louison
(ihn zurückhaltend, schnell.)

O nicht doch, lieber Pathe Michonet, ich bitte, bleiben Sie!

Michonet (verlegen.)

Wenn Sie wünschen — —

Madelaine
(welche unterdessen leise einige Worte mit Jacquard gesprochen.)

Nun, mein Kind, sprich; was sagst Du zu der Werbung des Herrn Morié?

Louison.

Was ich dazu sage? — O mein lieber Vater — gute Mutter — was soll ich dazu sagen? Kann es denn wirklich Euer Wunsch sein, mich mit einem Menschen zu verheirathen, den ich niemals lieben, ja nur verachten kann? An einen Mann soll ich mein ganzes Leben gefesselt sein, der das Gespötte aller seiner Bekannten, um seines Unverstandes — seiner Beschränkt= heit wegen ist. Gewiß, das könnt Ihr von Eurer Tochter im Ernste nicht verlangen.

Jacquard.

Liebe Louison, ich bitte Dich, Deine Worte besser zu wählen. Es ist hier nicht von Verlangen die Rede, ich habe Dir nur einfach den Antrag Morié's mitgetheilt, wie es mir als Vater zukam. Das Uebrige ist Deine Sache.

Louison.

Verzeihe, lieber Vater, wenn ich Dich beleidige — allein — siehst Du —

Jacquard (lächelnd.)

Ich habe Dir nichts zu verzeihen, mein Kind.

Louison.

Siehst Du, ich bin auch noch so jung, und habe noch so lange Zeit zum heirathen — nicht wahr, liebe Mutter?

Madelaine.

Wie Du meinst, mein Kind; Du bist freilich noch jung —

Jacquard.

Ueberlege Louison. Du würdest eine sehr reiche Frau — würdest in Glanz und Herrlichkeit leben, und viele würden Dich um diese Parthie beneiden.

Louison (vorwurfsvoll.)

Vater, lieber Vater! Ich kenne Dich gar nicht mehr. Du sagst mir das, Du, der uns immer belehrt hat, daß das wahre Glück nicht in Wohlleben und Reichthum, sondern in Liebe und Zufriedenheit bestehe.

Jacquard (bei Seite.)

Du gutes Kind!

Michonet (für sich.)

Mir fällt eine Bergeslast vom Herzen.

Louison.

Und dann, Vater, ist Herr Morié Dein Feind. Ja, oft schon hast Du uns erzählt, wie er Dich gekränkt und beleidigt hat — wie er die Triebfeder aller Verfolgungen gegen Dich geworden, und jetzt soll ich seinen Sohn heirathen, die Tochter dieses Mannes werden, der meinem guten Vater so vieles Wehe bereitet hat? — Nein, nein, und wäre sein Sohn der trefflichste

Mensch — böte er mir noch zehnmal so viel Vermögen, ich möchte doch seine Frau nicht werden, und will lieber mein ganzes Leben lang die Armuth meiner Eltern theilen.

Michonet.

Ich lebe wieder auf!

Jacquard
(zieht sie an seine Brust.)

Laß Dich umarmen, mein liebes, mein gutes Kind! Du sollst ihn auch nicht heirathen, diesen Morié; es wäre das Unglück meines Lebens gewesen, hätteft Du ihm Deine Hand gereicht. Aber ich wollte es Deiner eigenen Entscheidung überlassen, mein Kind, und dem Himmel sei Dank, sie ist ganz nach Deiner Eltern Wunsch ausgefallen. Nicht wahr, meine gute Madelaine?

Madelaine.

Gewiß mein Charles, gewiß. (Zu Michonet, welcher sinnend etwas mehr im Hintergrunde steht.) Nun, Herr Michonet so stumm! Billigen Sie die Entschließung Louisons nicht?

Michonet (rasch.)

Ich — o — natürlich!

Louison (halbscherzend.)

Oder hätten Sie vielleicht lieber gesehen, daß ich den reichen Freier geheirathet hätte?

Jacquard
(winkt seiner Frau zu sich und spricht heimlich mit ihr. Pierre macht sich an dem Tisch zu schaffen.)

Michonet (bewegt.)

Louison — liebe Louison, können Sie mich so etwas fragen? Als ob ich das Unglück Ihres Lebens wünschen könne — eines Lebens, das ich so gerne — (stockt.)

Louison.

Was denn? Weßhalb fahren Sie denn nicht fort?

Michonet.

So gerne zum glücklichsten, beneidenswerthesten machen wollte.

Louison (verlegen.)

Wirklich? Wollten Sie das?

Michonet (feurig.)

Ja, Louison! Ja! (für sich.) Jetzt hätte ich Gelegenheit; Courage, Michonet! (laut.) Ich — (stockt.)

Louison.

Nun, Herr Michonet?

Michonet.

Wie meinen Sie?

Louison.

Sie wollten etwas sagen —

Michonet.

Ja, Louison, ich will Ihnen sagen, wie ich Sie wohl glücklich machen wollte — das heißt, wenn es mir möglich wäre — indem ich Sie liebte — so recht von Herzen liebte — Ihnen Alles thun würde, was ich Ihnen an den Augen absehen könnte — Sie auf den Händen tragen würde — wenn Sie —

Louison.

Wenn ich — aber Herr Michonet — lieber Pathe — so reden Sie doch aus.

Michonet
(nach Jacquard und Madelaine schauend, welche in eifrigem Gespräch im Hintergrunde stehen.)

Jetzt gilt es! Courage, Michonet!

Pierre
(kömmt in den Vordergrund und erblickt den Hut, welchen Michonet noch immer in den Händen hält.)

Ei, Herr Michonet; was machen Sie denn mit Louison's Hut? Sie zerknittern ihn ja ganz.

Michonet (bestürzt.)

Louisons Hut? O entschuldigen Sie, ich dachte es sei mein Hut. (für sich.) Da habens wir's — jetzt ist es wieder aus mit meiner Courage.

Louison (ärgerlich für sich.)

Der abscheuliche Junge! Ich glaube, er hätte mir jetzt Etwas recht Hübsches gesagt!

Jacquard
(welcher zuweilen seine Frau auf die Beiden aufmerksam gemacht hat, tritt mit dieser vor.)

Nun, Freund Michonet, jetzt wieder zu unserem Gespräch, welches die Ankunft der Meinen unterbrach. Was wolltest Du mir denn für eine Mittheilung machen?

Michonet (sehr verlegen.)

Mittheilung — ich — daß ich nicht wüßte!

Jacquard.

Hahaha! Ei, Freund, wo hast Du denn Deine fünf Sinne? Du warst ja gerade im Begriffe mir zu sagen, daß Du entschlossen sei'st — nun was? — — (da Michonet schweigt.) Oder besser noch — ich habe mit meiner Frau ohnehin noch allerlei zu besprechen; trage doch Dein Anliegen m e i n e r T o c h t e r vor; sie wird Dir so lange Gesellschaft leisten, bis ich wiederkehre. Komm, Pierre!

Michonet.

Nein — ich bitte Dich — ich kann nicht — wahrhaftig nicht —

Jacquard
(faßt seine Frau unter den Arm und wendet sich zum Abgehen.)

Ah pah, es wird schon gehen. Frisch drauf los, Freund Louis! (leise.) Ich bin auch kein Held, aber so wie Du habe ich mich denn doch nicht angestellt. Hahaha! Komm, Pierre! (ab mit Madelaine und Pierre.)

6. Auftritt.

Louison. Michonet.

Michonet (für sich.)

Frisch drauf los! So wie ich hat er sich nicht angestellt? Hm! Was soll denn das heißen? Hat er denn schon errathen? Es scheint so. Und er muntert mich auf? Nun denn — es sei!

Louison (für sich.)

Was wird er mir jetzt sagen. Ich bin so unruhig — es ist mir so eigen zu Muthe. (Auf das Herz deutend.) Hier, hier, da klopft es zum Zerspringen. Was es nur sein mag? Gewiß nichts Böses — denn er ist ja so gut. (Blättert, vor dem Tisch stehend in einem Buche.)

Michonet (verlegen.)

Louison!

Louison
(ohne nach ihm umzusehen.)

Pathe Michonet?

Michonet.

Sie werden also diesen Paul Morié nicht heirathen?

Louison (rasch.)

Nein, wahrhaftig nicht!

Michonet.

Haben Sie denn noch nie an das Heirathen gedacht?

Louison.

Eine seltsame Frage. Wie kommen Sie dazu?

Michonet.

Nun, ich meine eben — ich glaube, wenn Sie daran ge= dacht hätten, müßten Sie sich doch auch das Bild Ihres künftigen

Gatten schon entworfen haben; müßten darüber nachgedacht haben, welche Eigenschaften er besitzen müsse, damit Sie ihn lieben könnten — — wie, ist dem nicht so?

Louison (höchst verlegen.)

Ich verstehe Sie nicht, lieber Pathe; ich verstehe Sie ganz gewiß nicht. Uebrigens was meinte denn der Vater — mit einem Anliegen, das Sie — —

Michonet.

Dieses Anliegen hängt mit meiner Frage eng zusammen. Also bitte, liebe Louison, sagen Sie, haben Sie noch nie ernstlich an das Heirathen gedacht?

Louison.

Nun freilich, ich habe wohl schon daran gedacht — es ist ja doch einmal unsere Bestimmung, also —

Michonet (einfallend.)

Jawohl, es ist unsere Bestimmung, und es gibt ja kein schöneres Glück, als sich eine Häuslichkeit zu schaffen, welche uns alles Das in reichem Maße bietet, was wir — in der Welt allein stehend — vergeblich suchen.

Louison (unschuldig.)

Und finden Sie das erst jetzt, Pathe Michonet?

Michonet (erschrocken.)

Erst jetzt? Wie meinen Sie das, Louison?

Louison.

Je nun, ich meine, weil Sie selbst noch nicht daran dachten sich eine solche Häuslichkeit zu gründen.

Michonet.

Und jetzt sei es dazu zu spät, glauben Sie? (zögernd.) Ich bin wohl zu alt um zu heirathen?

Louison (rasch.)

O nein, nein! Das meine ich nicht. Gewiß und wahrhaftig nicht.

Michonet (immer kühner.)

Nun gut, Louison. Was aber werden Sie sagen, wenn
ich Ihnen bekenne, daß ich mich schon längst nach einer Frau
umgesehen, ja noch mehr, daß ich schon seit lange ein Mädchen
gefunden habe, welches ich liebe und verehre wie eine Heilige —
daß nur sie es ist, um derenwillen ich bis jetzt gewartet mir
meine Häuslichkeit zu gründen; weil ich nicht wagte ihr zu
sagen, daß ich sie liebe seit ihrer frühesten Jugend, und mein
Glück nur in ihr finden kann? Wie —? Sie schweigen
Louison?

Louison.

Was kann ich dazu sagen, Herr Michonet, als daß ich —
daß ich das Mädchen glücklich schätze, welchem es gelang Ihnen
eine solche Neigung einzuflößen — denn ich glaube, daß Sie
eine Frau recht glücklich machen werden.

Michonet (mit Feuer.)

O Louison, liebe gute Louison! Verstehen Sie mich doch
recht! Sie sind es ja, die ich liebe, die ich anbete, Sie
allein können mich zum Glücklichsten aller Menschen machen.
(Tief aufathmend) Gott sei Dank, es ist heraus!

Louison (erschrocken.)

Ach Du lieber Gott! Ich — o — Pathe — Herr —
lieber Herr Pathe! Ich?

Michonet
(faßt sie an der Hand.)

Ja, Louison, Sie; und das allein war es, worüber ich
heute mit Ihrem Vater sprechen wollte. Er begriff wohl meine
Absicht, und darum wies er mich an Sie. O reden Sie,
Louison, lassen Sie mich nicht länger in dieser Ungewißheit —
können Sie sich entschließen die Frau des armen Musikanten zu
werden? Sprechen Sie, Louison! Können Sie das?

4

Louison.

Ich Ihre Frau? Ich —? Könnte ich Ihnen denn wirklich das Glück bereiten, welches Sie in der Häuslichkeit suchen?

Michonet.

Gewiß, Louison, Sie — aber auch nur Sie. Seit einem Jahre schon trage ich diesen Wunsch in der Seele, hundertmal schon wollte ich mich Ihnen entdecken — immer aber hielt mich die Furcht zurück, daß Sie mir zürnen — mir vielleicht gar Ihre Freundschaft — Ihren Umgang entziehen könnten. Und doch war mir dieser zum Lebensbedürfniß geworden. Ich kann Ihnen freilich keine Schätze zu Füßen legen, liebe Louison, kann Sie nicht mit Glanz und Reichthum umgeben wie Paul Morié, aber ich biete Ihnen ein Herz, das für Sie seit Jahren schlägt, und eine Liebe, welche Alles aufbieten wird Ihnen das Leben zu verschönen. — Ich verlange jetzt keine Antwort — prüfen Sie Ihr Herz, und sagen Sie mir erst dann, ob Sie die Meine werden, mein bescheidenes Loos theilen wollen.

Louison
(leise mit abgewandten Antlitz.)

Es bedarf dazu keiner Prüfung —

Michonet.

Louison!

Louison (wie oben.)

Mein Herz hat längst entschieden —

Michonet.

O sprechen Sie!

Louison
(dreht sich rasch um und reicht ihm beide Hände.)

Ich habe Sie schon geliebt von der ersten Stunde an, wo ich denken konnte — und ich will Ihr Weib, will versuchen Ihrer würdig zu werden

Michonet (entzückt.)

Louison, meine Louison!

Louison
(ihm um den Hals fallend.)

Da haft Du mich — Du guter — lieber Mann!

Michonet.

Ist es denn möglich? Louison Du auf ewig mein! O
mein süßes, mein herziges Mädchen! (küßt sie.) Aber jetzt komm;
mein Herz ist so voll von Seligkeit und Lust, ich muß es ent-
leeren! Komm! Hand in Hand wollen wir vor die Deinen
treten und um ihren elterlichen Segen bitten.

Louison.

Ja, mein Freund, das wollen wir; und sei gewiß, sie
werden uns denselben nicht weigern.

7. Auftritt.

Jacquard, Madelaine (welche schon seit einiger Zeit
sichtbar waren) Vorige.

Jacquard
(zwischen sie tretend.)

Nein, meine Kinder, das werden sie nicht; und dieser
Segen werde Euch im reichlichsten Maße zu Theil.

Louison
(wirft sich ihrer Mutter in die Arme.)

O, meine gute Mutter! Habe ich es so recht gemacht?

Madelaine.

Gewiß, mein liebes Kind; Gott segne Dich für diesen
Entschluß, der uns einen so wackeren Sohn in die Arme führt.
(reicht Michonet die Hand.)

4*

Michonet

Dank — Dank für Ihre Liebe; ich will mich ihrer würdig machen, gewiß, ich will.

Jacquard.

Sieh, Michonet, ich habe Dich längst als ein Glied meiner Familie betrachtet, denn Du hast Freud und Leid getreulich mit uns getheilt. Doppelt glücklich aber macht es mich, Dich durch so enge Bande an uns geknüpft zu sehn — mein Kind in solchen Händen zu wissen. Ich fühle es, Du wirst meine gute Louison glücklich machen, eben so glücklich, als die Verbindung mit diesem Morié sie unglücklich gemacht hätte. Und jetzt, da wir so fest vereinigt sind in Liebe, jetzt mögen Unglück und Sorgen immerhin auf uns einstürmen, ich fürchte sie nicht; weiß ich doch die Zukunft meines Kindes gesichert und trage das Bewußtsein in mir recht gehandelt zu haben. — Aber wo ist Pierre? Er soll ebenfalls an unserer Freude Theil nehmen.

Louison.

Ja, Pierre, mein guter Bruder!

Madelaine.

Ich sah ihn vorhin unten im Hofe. (Durch das Fenster rufend) Pierre! He, Pierre, wo steckst Du?

Pierre (unten.)

Hier, liebe Mutter, wünschest Du etwas?

Madelaine.

Komme schnell herauf, Pierre.

Jacquard.

Der wird Augen machen!

8. Auftritt.

Pierre. Vorige.
Pierre.

Hier bin ich. Was gibt es, Mutter?

Jacquard.

Nun, Pierre, Deine Schwester hat sich dennoch entschlossen zu heirathen.

Pierre (erstaunt.)

Wie? Entschlossen? Ach geh, Du spaßest, Vater!

Louison.

Nicht doch, Pierre. Es ist so.

Pierre.

Ah pah! Es ist nicht möglich. Du kannst diesen abscheulichen Morié nicht heirathen.

Jacquard.

Morié? Wer spricht von Morié! Ei, es haben sich noch ganz andere Leute um Louison beworben.

Pierre.

Andere Leute? J, was Du sagst?

Madelaine
(auf Michonet deutend.)

Nun, sieh' Dir einmal diesen Freier an. Gefällt er Dir besser?

Pierre.

Herr Michonet! Was! Ist es denn wahr — Vater — Mutter — ist es wahr? (umarmt Louison.)

Jacquard.

Es ist so, mein Junge. Und nun hört mich an, Kinder! Ihr wißt, daß täglich die Entscheidung der Pariser Preisrichter eintreffen kann. Bin ich der Glückliche — je nun, so könnt Ihr — wir sind jetzt im Herbste — so könnt Ihr Euch noch in diesem Winter heirathen. Fällt aber die Entscheidung nicht zu meinen Gunsten aus, dann freilich müßt Ihr Euch noch so lange gedulden, bis ich im Stande bin, mit dem Patent meiner

Maſchine die Summe zu gewinnen, deren ich bedarf um meine
Louiſon auszuſtatten. Es thut mir leid, zum erſten Male
vielleicht recht leid, daß ich ſo arm bin, Michonet; allein es
läßt ſich eben nicht ändern.

Michonet.

Mache Dir deßhalb keine Sorgen. Wir brauchen nicht
viel; und das Wenige zu ſchaffen ſei meine Sache. (munter.)
Oho, ich bin auch noch da, Freund Jacquard; und glaube nur
die Liebe wird mich ſchon erfinderiſch machen. Ich werde Unter=
richt ertheilen — ich werde Noten copiren — ja, ich werde eine
Oper ſchreiben — lache nicht — eine beſſere Oper, als meine
erſte war; und wenn mir die Gedanken ausgeh'n, da werde ich
mein Weibchen beim Kopfe nehmen und auf ihren friſchen, rothen
Mund küſſen — na, na, werde nicht roth, Louiſon; ich bin
ſchon ſtill — kurz es wird ſich alles machen.

Madelaine.

Jawohl, Kinder! Haben wir doch auch mit Nichts be=
gonnen, und noch keine Stunde unſeren Entſchluß bereut. Nicht
wahr, Charles?

Jacquard.

So iſt es — doch ſtill, man kommt.

9. Auftritt.

Morié. Vorige.

Morié.

Guten Tag, allerſeits, guten Tag!

Jacquard.

Herr Morié?

Morié.

Er ſelber — er ſelber! Ich muß nochmals kommen,
Nachbar Jacquard; ich vergaß nemlich vorhin eine Kleinigkeit,

die ich Euch noch mittheilen wollte, und wünschte daher noch
fünf Minuten allein mit Euch zu sprechen.

(Madelaine winkt den Uebrigen sich zurückzuziehen.)

Jacquard (dies bemerkend.)

Nicht doch, meine Kinder, nicht doch! Bleibt, ich wünsche
es. Ich habe vor meiner Familie kein Geheimniß, Herr Morié,
und da es wahrscheinlich die Heirathsangelegenheit betrifft — —

Morié
(auf Michonet deutend, leise.)

Aber der Herr — wer —?

Jacquard.

Gehört ebenfalls zur Familie. Also bitte — —

Morié.

Nun, wie Ihr wollt. Als ich Euch vorhin besuchte, vergaß
ich Euch zu sagen, daß ich da von dem Banquier Simon,
meinem besonderen Freunde, einen Wechsel von Euch im Betrag
von 1500 Franken an Zahlungsstatt angenommen habe, welcher
schon seit geraumer Zeit verfallen ist.

Jacquard (erschrocken.)

Ganz recht! Und diesen Wechsel haben Sie — —?

Morié.

Habe ich, wie gesagt, an Zahlungsstatt von Simon angenommen, der Euch denselben gerade präsentiren lassen wollte,
als ich zufällig Geschäfte bei ihm hatte. Ich dachte so: Bezahlen
wird der gute Jacquard nicht können, und mein Freund Simon
läßt in solchen Angelegenheiten nicht mit sich spaßen; zumal er
überdies nicht gut auf Euch zu sprechen ist; weiß der Guguck
warum. Was soll der gute Nachbar aber Ungelegenheiten haben,
dachte ich weiter, löste den Wechsel ein, und bringe ihn Euch
hiermit zurück. Mein künftiger Schwager soll durchaus keine
solchen Verbindlichkeiten gegen mich haben. Ich will —

Jacquard.

Entschuldigen Sie, Herr Morié, daß ich Sie hier unter=
breche. Wenn Sie den Wechsel in der Hoffnung an sich gebracht
haben, meine Vatergefühle durch Tilgung der mir allerdings
sehr drückenden Schuld zu bestehen, so täuschen Sie sich in
mir vollständig. Ich kann meine Denkweise nicht ändern, meine
Grundsätze durch Nichts, am Wenigsten aber durch Geldaner=
bietungen, erschüttern lassen. Ich sagte Ihnen, daß die Ent=
scheidung über Ihren Antrag ganz meiner Tochter überlassen
sei — diese aber hat bereits entschieden, und zwar nicht zu
Gunsten Ihres Sohnes, Herr Morié. (Auf Michonet deutend.)
Sehen Sie hier ihren erwählten Bräutigam, Herrn Louis
Michonet, Mitglied des Opernorchesters, und — —

Morié (ihn unterbrechend.)

Wie? was? Er — dieser Herr — der Verlobte Eurer
Tochter? und seit wann, wenn man fragen darf?

Michonet.

Seit einer halben Stunde, mein Herr. Freilich noch nicht
lange, aber doch lange genug, um so bald wie möglich auch der
glückliche Gatte Louisons zu werden.

Morié (wüthend.)

So, so! Ei! Ei!

Jacquard.

Es thut mir leid, Herr Morié; allein wie Sie selbst
sagen, so kann Ihr Sohn, bei seiner gesellschaftlichen Stellung,
auf ganz andere Mädchen Anspruch machen, welche besser für
den einzigen Sohn des reichen Fabrikanten taugen, als meine
Tochter, ein bescheidenes, armes Bürgermädchen.

Madelaine.

Bedenken Sie selbst mein Herr, ob es nicht besser so ist.
Eine solche Verbindung würde unmöglich eine glückliche werden.

Morié (wüthend.)

Nein! Das ist unerhört! Hat man ja so Etwas erlebt? Ihr, der armseligste Kerl unter der Sonne, Ihr schlagt meinen Sohn aus — Ihr weigert ihm Eure Tochter — ihm, dem feinsten, reichsten Jungen in ganz Lyon? Man zieht ihm einen Musikanten — einen Pfeiffer — einen „Weiß Gott was" vor! Man —

Michonet
(welcher schon bei den letzten Worten „armseligster Kerl" heftig aufgefahren, tritt vor.)

Pfeiffer? Weiß Gott was? Herr, was soll das heißen? Mein ehrlicher Name ist Louis Michonet — ich sitze an der ersten Violine im Orchester unserer guten Stadt Lyon, und verdiene, dem Himmel sei Dank, gerade so viel, um eine Frau ganz anständig erhalten zu können. Und kann ich ihr auch keine Schätze bieten, wie gewisse Leute, so haben wir doch Etwas, was diese weit aufwiegt — gegenseitige Liebe. Merken Sie sich das gefälligst, mein guter Herr, und hüten Sie sich künftig vor Beleidigungen, sowohl meiner einstigen Familie, als auch meiner selbst, sonst dürfte Ihr Rathstitel — —

Louison (bittend.)
Michonet!

Jacquard.
Mein Freund!

(zusammen.)

Michonet.

I, laßt mich nur! Hoho! Glaubt dieser Herr uns so ohne Weiteres beschimpfen zu dürfen, weil er viel Geld hat und im Stadtrathe sitzt? Er nennt Dich einen armseligen Kerl? Alle Wetter! Schon dieser Ausdruck macht mich rasen! Und die Geschichte mit dem Wechsel! Recht sauber arrangirt! Er sollte als Kaufpreis für Louison dienen. So verächtlich behandelt man Euch. I, da soll ja — —

Jacquard
(legt ihm die Hand auf die Schulter.)

Michonet, wenn Du mich liebst, so schweige und laß mich die Sache allein ordnen.

Madelaine
(winkt Michonet zu sich.)

Jacquard.

Sie sehen, Herr Morié, wie die Sachen stehen. Meine Tochter hat entschieden, und ich gestehe Ihnen offen, ihre Wahl macht mich glücklich, denn sie trifft einen lieben, bewährten Freund. Lassen Sie uns demnach in Frieden scheiden. Was den Wechsel betrifft —

Morié (giftig.)

Jawohl! Ja, ganz Recht; den Wechsel. Ihr werdet ihn wohl ohne Zweifel jetzt gleich einlösen.

Jacquard.

Jetzt gleich?

Morié.

Jawohl. Wundert Euch das? (Boshaft lachend.) Ihr könnt ja das Capital bei Eurem künftigen Schwiegersohne aufnehmen, wenn Ihr es nicht gerade vorräthig habt. Aber Ihr habt es sicher. Leuten, welche solche Partieen für ihre Töchter ausschlagen, kann es ja nicht fehlen. Wie? Also vorwärts, und bezahlt mich!

Jacquard.

Ich bedaure Ihnen erklären zu müssen, Herr Morié, daß ich für den Augenblick außer Stand bin, Ihre Forderung zu befriedigen.

Morié
(ruhig, aber mit starker Stimme.)

So! So! Nun, da laß ich Euch einstecken!

Alle (erschrocken.)

Wie!

Morié
(sich vergnügt die Hände reibend.)

Ja, ja, ich lasse Euch einstecken. Das kann ich, kraft dieses Wechsels, und es freut mich, daß ich es kann — wahrhaftig es freut mich!

Madelaine.

Wie, Herr Morié, so weit könnten Sie sich durch niedere Rachsucht verleiten lassen, einen braven Mann, der sein ganzes Leben lang mit den Gerichten nichts zu thun hatte, um einer Summe willen in das Elend zu bringen, deren frühere oder spätere Einnahmen für Sie ganz gleichgültig ist.

Michonet.

Sie könnten einen Vater seiner Familie entreißen, deren einzige Stütze er ist? Das werden Sie nicht. Nein! (Gutmüthig.) Und wenn ich Sie da vorhin beleidigt habe, alter Herr — pah, es geschah in der Hitze, und Sie werden es dem guten Jacquard nicht entgelten lassen.

Pierre (für sich.)

O, ich möchte ihn todtschlagen, den alten Spitzbuben!

Louison.

Sie werden Geduld haben — den Vaten nicht verhaften lassen, gewiß nicht, Herr Morié.

Morié
(alle nach der Reihe triumphirend betrachtend.)

Doch, doch, ich werde es, meine gute Mademoiselle — und Sie gerade, Sie mögen Sich sagen, daß Sie die Schuld daran tragen. Potztausend! Man schlägt nicht ungestraft meinen Sohn aus — den wackersten Jungen von Lyon! — Uebrigens, man ist kein Tyrann; man hat ein Herz; man fühlt hier Etwas (deutet auf die Brust) also hören Sie: Ich lasse Ihnen eine Stunde Zeit, bis dahin entscheiden Sie sich: Entweder die

Frau des reichen Morié, oder Verhaftung — Pfändung — Schuldgefängniß! Ich denke die Wahl ist nicht schwer. Adieu. (Will ab.)

Jacquard.

Bleiben Sie!

Morié (für sich.)

Es hat gewirkt. (Laut.) Nun?

Jacquard.

Es bedarf hier keine Stunde Frist. (Fest.) Nie, niemals wird meine Tochter die Frau Ihres Sohnes. Und wüßte ich, daß ich im Schuldgefängniß sterben müßte, ich würde meine Freiheit nicht um diesen Preis erkaufen. (Michonets Hand fassend.) Hier steht mein Schwiegersohn — er hat die Liebe meines Kindes und unseren Segen. Und jetzt thun Sie Ihr Aeußerstes — ich bin gefaßt.

Morié (giftig.)

Schön! Das wird sich zeigen! In zehn Minuten seht Ihr mich wieder, und könnt Ihr mich bis dahin nicht bezahlen — so macht Euch fertig; dann heißt es: marsch, in Numero Sicher. (Wüthend ab.)

10. Auftritt.

Vorige, ohne Morié.

Louison
(auf Jacquard zueilend.)

Vater, mein lieber Vater!

Jacquard.

Meine Louison!

Madelaine.

Mein guter Charles, ist denn gar keine Hilfe? Keine?

Jacquard (zuckt die Achseln.)

Mein Gott, mein Gott! Sollen wir denn ganz verzweifeln! (Sinkt in einem Sessel.)

Pierre.

Vater, ich laufe zu Herrn Simon. Er muß den Wechsel zurücknehmen. Er wird es gewiß thun, wenn ich ihm erzähle, was der alte Spitzbube Morié damit beabsichtigt. Das will Herr Simon nicht. Ich will ihn so herzlich bitten, daß er gewiß Mitleid mit uns hat.

Louison.

Du sollst nicht allein gehn, mein guter Pierre; ich werde Dich begleiten; wir wollen unsere Bitten vereinigen und — —

Jacquard.

Meine lieben Kinder betrügt Euch nicht mit leeren Hoffnungen. Simon ist ein Geschäftsmann, er wird Nichts an der Sache mehr ändern. Ueberdies ist er mein Feind geworden — man hat ihn gegen mich aufgehetzt, wie so' viele Andere vor ihm. Ich wußte es schon längst und befürchte eine Catastrophe seit Monaten; daß es freilich so kommen würde, das hätte ich nicht erwartet, Indeß wie Gott will.

Michonet
(im Zimmer auf und ab laufend.)

Will mir denn Nichts — gar Nichts einfallen? Ich zermartere mir das Hirn — allein umsonst! 1500 Franken, es ist zu viel — die Zeit ist zu kurz. O Jacquard! Hättest Du doch das Anerbieten des Engländers angenommen. Siehst Du nun, wie weit Dich Deine Liebe zu Vaterland und Mitbürgern gebracht hat? Da hast Du sie, diese wackeren Mitbürger! Sie bringen Dich in das Gefängniß — sie würden ·Dich in das Grab bringen, wenn sie könnten.

Madelaine (trostlos.)

Ihn und mich. Ich überlebe das Elend — die Schande nicht.

Pierre (entſchloſſen.)

Komm, Louiſon, wir gehen zu Herrn Simon.

Louiſon.

Ja, gehen wir.

Jacquard.

Bleibt, ſage ich, Kinder! Lieber in das Gefängniß als dieſen entehrenden Schritt. Bleibt; wir wollen auf Den ver- trauen, der uns bis hierher geholfen hat; er wird gnädig weiter helfen.

Michonet (auffahrend.)

Halt, ich hab's. — O ich Dummkopf, daran nicht früher zu denken. Ja, ja, der muß es erfahren. O den Gedanken gab mir der Himmel ein! (Greift nach ſeinem Hut.) Muth! Muth! meine Freunde; ich ſchaffe Hilfe!

Pierre und Louiſon (freudig.)

Wäre es möglich?

Madelaine.

Mein lieber Sohn!

(zuſammen.)

Jacquard.

Du hoffſt? Aber wie —?

Michonet.

Laß mich nur machen! Ich weiß einen Retter, gebe nur der Himmel, daß ich ihn gleich antreffe, und noch vor dem Schuft Moris wiederkehre. (Rennt ab.)

Madelaine.

Sollte es wirklich gelingen? Es wäre Hilfe in der höchſten Noth.

Louiſon.

O lieber Vater, wenn es wirklich wäre, und Du bliebeſt bei uns? Welches Glück!

Jacquard.

Hofft nicht zu viel, meine Lieben. Die Enttäuschung wäre desto schmerzlicher. 1500 Franken sind eine bedeutende Summe; der gute Michonet kann sich täuschen.

Pierre

(welcher Michonet nachgesehen, am Fenster.)

Es ist zu spät; da kommen sie schon.

Madelaine und Louison.

Wer?

Pierre.

Der alte Morié, sein Sohn und zwei Gerichtsdiener.

Madelaine

(eilt zu ihrem Manne.)

Ich lasse Dich nicht, Charles! Es ist mein Tod, wenn sie Dich fortführen.

Jacquard

(auf die weinenden Kinder deutend.)

Denk an diese, mein liebes Weib. (Sich sanft losmachend.) Komm, zeige Dich muthig; gieb Ihnen ein gutes Beispiel. Meine Haft kann ja nicht ewig dauern. — Vielleicht — wer weiß — die Pariser Entscheidung ist nahe — auf alle Fälle aber wird Michonet Euch nicht verlassen. — Doch faßt Euch, meine Lieben, man kommt. Louison, Pierre, seid stark, meine Kinder, gönnt unseren Feinden nicht den Anblick Eurer Thränen.

Louison

(birgt ihr Gesicht an seiner Brust.)

O, mein lieber Vater; ich trage ja die Schuld an Allem; ich hätte Dein Schicksal wenden können.

Jacquard.

Du betrübst mich, Louison, wenn Du so sprichst — — doch faßt Euch, da sind sie schon.

(Alle drängen sich zu ihm.)

11. Auftritt.

Morié.

So, so, da wäre ich wieder. Und nun, Monsieur Jacquard, frage ich Euch: Könnt Ihr diesen Wechsel, den Ihr ja vorhin schon anerkannt habt, mit baaren 1500 Franken sofort einlösen oder nicht?

Jacquard (fest.)

Nein, mein Herr, ich kann es nicht.

Morié.

Nicht? Aha! Dachte es wohl. Nun, so erlaube ich mir, ich, Jean Baptiste Etienne Morié, Mitglied des Stadtraths, Euch in Verhaft nehmen zu lassen, bis Ihr Eure Schuld getilgt haben werdet. (Zu den Gerichtsdienern.) Ihr Herren, thut gefälligst Eure Schuldigkeit.

Paul (leise.)

Aber Vater, Ihr wollet ja zuerst — —

Morié (ebenso.)

Nur Geduld! Man muß sie erst ganz mürbe machen.

Jacquard
(zu den Seinen, welche schluchzend an seinem Halse hängen.)

Lebt wohl, Kinder lebt wohl. Seid ruhig, wir sehen uns bald wieder.

Morié.

Das kann jede Minute geschehen. Sobald Ihr mich bezahlt, notabene. Hehehe!

Pierre (zu Morié.)

O Sie sind —

Morié (höhnisch.)

Nun, was, mein Bürschchen?

Pierre (weinend.)

Ein   ein — ein alter Hallunke! Da! Nun ist's heraus!

Jacquard.

Pierre! Pfui, schäme Dich.

Madelaine.

Er macht Alles schlimmer.

Morié (wüthend.)

Ein Hallunke! Ich? Etienne Morié, Mitglied des Stadtraths, ein Hallunke! Hoho, Bursche, man wird Dir das einträuken! (Zu den Gerichtsdienern.) Ihr habt es gehört, Leute, daß ich ein Hallunke bin; merkt es Euch wohl; wir werden uns das beweisen lassen. Vorwärts, thut Euer Amt!

Paul (ängstlich.)

Aber Vater, Ihr wolltet ja erst nochmals —

Morié (wüthend.)

Halt's Maul, sage ich! Nichts! Ich bin ein Hallunke, und da ist Alles fertig! (Paul trocknet sich die Augen.) Nein, nein, Paulchen; Du hast Recht — weine nicht, guter Junge, ich will ja Alles thun, was Du willst. (Tritt zu Jacquard und klopft ihm vertraulich auf die Schulter.) Hört mal, Nachbar! Macht doch der dummen Geschichte ein Ende! Hier ist mein Sohn Paul — ein hübscher Junge — da Eure Tochter Louison. Legt die Hände der Beiden zusammen, laßt den armseligen Fiedler laufen, und ich zerreiße den Wechsel, vergesse, daß ich ein Hallunke bin, und helfe Euch sonst wieder auf die Beine. Na, soll ich? (Hält ihm den Wechsel vor.)

Jacquard
(zu den Gerichtsdienern.)

Meine Herren, ich bin bereit Ihnen zu folgen.

5

Madelaine
(mit einem tiefem Blick der Verachtung auf Morié.)

Ja, Vater, gehe mit Gott, er wird uns nicht verlassen.

Morié.

Paulchen, Du siehst, bei dem Volke ist Alles umsonst; — komm, mein Sohn, überlassen wir sie ihrem Schicksale.

Paul (zu Louison.)

Aber, Mademoiselle Louison, könntet Ihr Euch denn gar nicht entschließen — —

Louison.

O geht, geht, Ihr abscheulicher Mensch! Lieber will ich für meinen armen Vater die 1500 Franken vor den Thüren der Häuser erbetteln, als Euch heirathen! (Wendet sich weg.)

Morié.

Da hast Du's. Doch komm, wir sind schon zu lange dagewesen; man vergibt sich zuviel von seiner Würde; komm'. (Zu den Gerichtsdienern.) Ihr wisset Eure Instruction. (Ab mit Paul.)

Jacquard (ruhig.)

Pierre, meinen Hut!

Pierre.

Vater, ich gehe mit Dir. Du sollst nicht allein sein. Ich lasse mich mit Dir einsperren — nicht wahr, Vater, ich darf doch?

Jacquard.

Geh, guter Junge; hole meinen Hut, dann aber bleibe hübsch bei Deiner Mutter und tröste sie, bis ich wiederkomme. (Pierre ab.)

Jacquard
(den Seinen die Hände reichend.)

Mit Gott, meine Lieben!

Louison und Madelaine
(ihn umarmend.)

Leb' wohl! Leb' wohl! (Pierre zurück.)

Madelaine.

Wir dürfen Dich doch besuchen?

Jacquard.

Gewiß das dürft Ihr; und bringt mir den treuen Michonet mit. (Sich losreißend.) Und jetzt lebt wohl! (Will ab; in dem Augenblick tritt Michonet verstört ein.)

12. Auftritt.

Vorige. Michonet.

Michonet (im Eintreten.)

Wie? Schon Gerichtsdiener! (Für sich.) Und ich kann nicht helfen. O mein Gott!

Alle außer Jacquard
(ihm entgegeneilend.)

Nun?

Michonet
(schüttelt traurig den Kopf.)

Nichts — für heute. Nichts — vielleicht morgen, oder übermorgen. (Für sich.) Vielleicht auch gar nicht.

Jacquard
(reicht ihm die Hand.)

Ich danke Dir, lieber Michonet, für Deinen guten Willen. Und nun, leb' wohl. (lächelnd.) Du siehst man wartet auf mich.

Michonet
(mit seiner Rührung kämpfend.)

Gehe, mein lieber, mein guter Freund — mein Vater! Du sollst nicht lange fern von uns sein. Ich mache Dich frei, oder will nicht werth sein, Dein Sohn zu heißen. Und was

Deine Familie betrifft — o, so sei außer aller Sorge! sie bleibt in guten Händen.

Jacquard.

Das weiß ich. Doch es ist Zeit! Lebt Alle wohl! (reicht Ihnen die Hände.) Morgen besucht Ihr mich, und mein Herz sagt mir, bald bin ich wieder ganz bei Euch.

Louison
(an seinem Halse.)

Lebe wohl, lieber, guter Vater.

Madelaine.

Mit Gott, mein armer Charles.

(zusammen.)

Pierre.

Ich begleite Dich, Vater.

Michonet.

Morgen, mit dem Frühesten, bin ich bei Dir, und dann das Weitere. Leb wohl!

(Während des stummen Abschiednehmens wendet sich Jacquard zum Gehen, und der Vorhang fällt.

Dritter Aufzug.

(Zimmer bei Morié.)

---

1. Auftritt.

Morié. Nicole, ein Weber.

Nicole.

Ne, es ist großartig. Er wollte also Euren Sohn für seine lumpige Tochter haben?

Morié.

Wie ich Euch sagte.

Nicole.

Schau, schau! Nicht so übel gerechnet, von dem hochmüthigen Narren. So'n feiner, reicher junger Herr, der könnte so 'ner armen Webersdirne gefallen. Potztausend! Wie pfiffig.

Morié.

Und als ich es ihm abschlug, wurde er grob.

Nicole.

Wurde er grob. Grob gegen Euch den vornehmen, reichen Fabrikanten. J, der Kerl verdient in das Zuchthaus gesperrt zu werden.

Morié.

Ihr seid ein gescheuter Mann, Nachbar Nicole. Ihr wißt was sich gehört. Nun einstweilen sitzt er im Schuldgefängniß.

Nicole.

Geschieht ihm schon recht. Habt Ihr denn schon gehört? Bei Gerards hat er auch seine Pfiffe versucht. Der alte Gerard hat eine Spinnmaschine hinterlassen — ich sag Euch — ein vortreffliches Werk. Die wollte er für sich benützen — als seine Erfindung ausgeben. Als das die Familie nicht litt, erklärte er sie für nichtsnutzig, für unbrauchbar. Ja Profit! Weiß besser was an der Sache ist.

Morie.

Doch Ihr wißt auch, was Ihr zu thun habt? Habt mich vollkommen verstanden, Meister Nicole?

Nicole.

Vollkommen — vollkommen! Hoho, laßt mich nur machen. Ich will es dem alten Fuchs schon eintränken, der sich besser dünkt als Unsereiner, und doch nichts ist, als ein armseliger Seidenweber.

Morié.

Recht so; gebt's ihm tüchtig.

Nicole.

Will einen neuen Webstuhl erfinden, der allein arbeitet — uns Alle brodlos machen! Ich bin nur froh, daß Ihr mir die Geschichte erklärt habt.

Morié.

Ja, so ist es, Meister Nicole; und jetzt thut wie ich Euch gesagt habe.

Nicole.

Verlaßt Euch auf mich. Ich will es meinen Collegen so klar machen, wie Ihr mir es gemacht habt.

Morié.

Und wenn der Spectakel los geht, schicke ich Euch meine Arbeiter mit dem Jacquard'schen Machwerk.

Nicole.

Wir wollen es verbessern. Hahaha! Meint Ihr nicht?

Morié
(die Börse ziehend.)

Ihr seid ein Spaßvogel. Hier nehmt zu einem guten Trunk für Euch und die Anderen. (Boshaft lächelnd.) Vielleicht wird Euch die Arbeit warm machen.

Nicole (nehmend)

Ganz recht — erst anzünden, dann löschen! Haha! Adieu, Meister Morié.

Morié.
(klopft ihm auf die Schulter.)

Adieu, Nicole! Macht Eure Sachen gut.

Nicole.

Ohne Sorgen! Parbleu! Ihr sollt zufrieden sein. (Ab.)

Morié
(allein, sich die Hände reibend.)

So das wäre in Ordnung. Man wird Dir einheizen, Freund Jacquard — Du sollst erfahren was es heißt, den reichen Morié vor den Kopf zu stoßen. Sapperment, ich ruhe nicht bis ich den Kerl sammt seiner Bettel-Familie total ruinirt habe. Er war mir ohnehin schon längst ein Dorn im Auge, und wenn der Junge nicht den verrückten Einfall gehabt hätte, seine Tochter heirathen zu wollen, so hätte ich ihm wohl schon früher das Handwerk gelegt. Meinem Paul einen Korb zu geben — der Lump! Der Bettelkerl! Ich möchte bersten vor Wuth, so oft ich daran denke. Es war übrigens eine kostbare Idee von mir, bei dem Nicole die Geschichte so hübsch umzudrehen — er wird es überall ausbringen, und der Spott bleibt dem armseligen Schlucker, dem Jacquard. (Man hört Paul außen sprechen.) Mein Paulchen! Und wie es scheint frisch und gesund.

2. Auftritt.

Morié. Paul.

Morié.

Nun, Paulchen, woher des Weges?

Paul.

Aus dem Caroussel, Vater. Ne, ist das prächtig! Das müßt Ihr auch sehen, Vater; wir gehen zusammen hin; ich werde es jeden Tag besuchen.

Morié.

Da thust Du wohl daran, mein Sohn. Freut es Dich — freut es mich doppelt. Wir werden also den Cirkus zusammen besuchen. -

Paul.

Ja, und Ihr müßt mir ein Pferd kaufen, Vater. Ich will reiten lernen — ich werde vor den Fenstern der Damen vorüberreiten — ich will mich interessant machen.

Morié.

Potztausend, das ist ein guter Einfall. Das hat Dir noch gefehlt. Ja, Du sollst reiten lernen; ich lasse Dich bei Jeannot unterrichten. Er ist der erste Reitmeister.

Paul.

Nein, nicht bei Jeannot — ich mag ihn nicht, er ist grob mit seinen Schülern. Ich will zu Lemaître.

Morié.

Gut, Du sollst zu Lemaître. Es soll Niemand grob sein mit Dir. Sapperment, ich will Keinen dafür bezahlen, daß er grob mit meinem Sohne ist. Hahaha! Das wäre wirklich zu komisch: ich soll ihm Geld geben, damit er grob dafür sei. J, so Einer sollte mir kommen! Also zu Lemaître.

Paul.

Ja, und einen Apfelschimmel will ich haben.

Morié.

Gut. Einen Apfelschimmel! Den schönsten der zu finden ist. Aber versprich mir auch Eines, Paulchen.

Paul.

Nun?

Morié.

Nicht mehr an diese Louison Jacquard zu denken.

Paul.

Pah, ich denke ja gar nicht mehr an sie. — Ich mag sie jetzt gar nicht mehr. Ich heirathe jetzt Madelon Lebrun — die nimmt mich; sie hat gestern gesagt, ich sei ein Mann wie von Marzipan, so Einen müsse sie haben.

Morié.

Ist es denn wahr, Herzensjunge? Du hast Dir diese Betteldirne aus dem Sinn geschlagen? Nun, ist es schon gut. O Du sollst gerächt werden! Ich habe dem Pack eine Suppe eingebrockt, die ihnen verteufelt schwer im Magen liegen wird. Komm' nur, Du sollst Alles Nähere hören.

Paul.

Halt, Vater, daß ich nicht d'rauf vergesse: Nachbar Cliquot läßt Euch sagen, daß um fünf Uhr große Raths-Sitzung sei.

Morié.

Um fünf Uhr? Eine sonderbare Stunde?

Paul.

Ja, es ist ein Schreiben des Kaisers an den Stadtrath angekommen, das soll in feierlicher Sitzung verlesen werden.

Morié.

Ein Schreiben des Kaisers? Sapperment, was mag das sein? Ich bin ordentlich neugierig. Ja, so 'n Amt, das bringt Einem allerlei. Es ist nur gut, daß man auch den Verstand dazu hat. Doch komm, Paulchen; nach der Sitzung sollst Du einen kleinen Spaß mit ansehen, der Dir gewiß gefallen wird.

Paul.

Und der Jacquard?

Morié.

Bleibt im Schuldthurm, bis er schwarz wird. Hahaha.
(Beide lachend ab.)

Verwandlung.

(Zimmer bei Jacquard wie Act I und II.)

3. Auftritt.

Madelaine. Louison. Michonet.

(Madelaine in einem Sessel sitzend; Louison kniet auf einem Schemel vor ihr; Michonet steht bei den Beiden.)

Michonet.

Verlassen Sie sich fest darauf, meine gute Mutter, der Lord wird helfen, so bald er erst wieder in der Stadt ist. O, er ist ein treuer Verehrer Jacquard's, er würde sicher noch weit mehr für ihn thun. Und dann brauchen wir nur noch 1000 Franken; (da die Beiden ihn erstaunt ansehen) ja, ja, ich habe mir 500 zu schaffen gewußt — einige überflüssige Spielereien, deren ich mich entäußert habe — also haben Sie Muth, es wird Alles gut.

Louison.

Gewiß, liebe Mutter; Michonet hat Recht, ich fühle es selbst. Der gute Lord, der sich des Vaters, noch ehe er ihn persönlich kannte, schon in England so warm annahm, er wird ihn hier nicht in den Händen seiner Feinde lassen. O, wenn er doch erst hier wäre!

Michonet

Der Gastwirth sagte mir, er kehre sehr wahrscheinlich heute noch zurück. Er wird meine Zeilen erhalten und sogleich hierher eilen. Hätte ich ihn an dem Abend der Verhaftung Jacquard's getroffen, o, es wäre gewiß nicht so weit gekommen. Doch die Hilfe naht, darum muthig, muthig, meine gute Mutter.

Madelaine.

O, meine Kinder; unsere Hoffnungen haben uns schon so oft auf das Bitterste getäuscht, daß ich diesmal an die Hilfe nicht mehr glauben kann. Wenn der Lord die Summe weigerte? Was haben wir für Ansprüche an seine Theilnahme? Es ist wahr, er hat sich für den Vater in England verwendet; allein nur, weil er Vortheil von ihm zu ziehen ihn für sein Land zu gewinnen hoffte.

Michonet.

O denken Sie edler von diesem Manne. Hätten Sie, wie ich, der Unterredung der Beiden beigewohnt, gewiß Sie würden nicht daran zweifeln, daß der edle Fremde sich glücklich schätzen wird, Jacquard diesen Dienst erweisen zu können.

Louison.

Und dann, liebe Mutter, bleibt uns noch eine Hoffnung: Die Preis-Entscheidung in Paris.

Madelaine.

O dann wäre uns vielleicht für immer geholfen. Diese Auszeichnung würde Viele auf ihn aufmerksam machen und es fänden sich sicher Männer, welche ihn in seinen Bestrebungen so unterstützten, daß er endlich zu einem Ziele gelangen könnte.

Michonet.

Dahin wird er gelangen, ich habe noch nie daran gezweifelt.

Madelaine.

Der Himmel gebe es.

4. Auftritt.

Vorige. Pierre (athemlos hereinstürzend.)

Pierre.

Mutter! Herr Michonet! Er ist da! Er ist da!

Alle drei.

Wer — wer ist da?

Pierre.

Der Fremde — der Lord! Er stieg soeben im Gast=
hause ab.

Michonet.

Alle Wetter, Junge, ist es wahr?

Pierre.

Gewiß! Ich sah ihn mit eigenen Augen.

Louison.

Du sahst ihn? Aber wie — —?

Pierre.

Wie ich dazu kam, willst Du fragen? Ihr dachtet wohl
ich sei in der Zeichnungsschule? Ja, Profit! Ich lauerte den
ganzen Nachmittag an dem Thor des Gasthauses, und bei jeder
ankommenden Post fragte ich die Dienerschaft, ob Lord Kysington
darinnen sei. Und soeben ist er eingetroffen.

Madelaine.

Nun gottlob! Der Himmel lenke sein Herz, daß wir keine
Fehlbitte bei ihm thun.

Louison.

Begeben wir uns gleich zu ihm?

Michonet.

Nicht doch, Louison! Ich hinterließ ihm einige Zeilen, welche ihn von der Verhaftung Jacquards und deren Ursache — kurz von Allem unterrichten. Ihr werdet sehen, daß er hierher kömmt, ehe die Zeit da ist, zu welcher wir ihm schicklicherweise unsere Aufwartung machen können.

Pierre.

Er sieht so freundlich aus; er wird dem Vater sicher helfen.

Michonet.

Ja, das wird er. Ich zweifle nicht daran. O, er würde noch mehr thun, wiese Jacquard sein Glück nicht so beharrlich von sich. Doch wie — ist das nicht das Rollen eines Wagens? (An das Fenster eilend.) Er nimmt seinen Weg hierher — jetzt hält er an der Ecke des Gäßchens — der Schlag wird geöffnet — man steigt aus — er ist es — es ist der Lord!

Madelaine (ängstlich.)

Mein Gott, so unvorbereitet.

Michonet.

Ah pah! Lassen Sie nur mich gewähren — es wird Alles gut.

(Es klopft.)

Michonet
(öffnet die Thüre.)

5. Auftritt.

Vorige. Lord Kysington
(sich gegen die Anwesenden höflich verbeugend.)

Lord.

Meine Herrschaften, ein Brief, welchen ich in meinem Hôtel vorfand, und der mich in die größte Bestürzung versetzte, bewog mich so schnell wie nur möglich hierherzueilen —

Michonet (freudig.)

Nun, meine gute Madame, sehen Sie jetzt — verzeihen Sie Mylord — die Freude Ihres Anblicks — erlauben Sie mir an Stelle des Hausvaters Sie mit den Anwesenden bekannt zu machen — (vorstellend) Frau Madelaine Jacquard — ihre Tochter Louison — ihr Sohn Pierre.

Kysington.

Meine Herrschaften, ich rechne es mir zur Ehre die Bekanntschaft der liebenswürdigen Familie eines Mannes zu machen, den ich so hoch verehre und schätze, daß mich die Nachricht seines Unglücks in die tiefste Betrübniß versetzt hat.

Madelaine (schüchtern.)

O Mylord, zürnen Sie nicht, daß wir uns an Sie — einen Fremden — in uns'rer Noth um Rath und Hilfe wenden.

Lord.

Nennen Sie mich nicht einen Fremden, Madame. Männer wie Ihr Gatte sind mir niemals fremd, und er ist es mir am Wenigsten. Ich schätze mich glücklich ihm helfen zu können — und so lassen Sie uns denn keine Minute mehr zögern. Herzlichen Dank für das Vertrauen, mit welchem Sie mich beehrt. Gottlob, daß mich der Himmel zu rechter Zeit zurückführte, dem besten Manne einen solchen Dienst leisten zu können. (Zu den Frauen.) Fassen Sie Muth, meine Damen; ich eile Ihnen den Gatten und Vater zu befreien, und in wenig Stunden sollen Sie sich mit ihm wiedervereinigt sehen.

Madelaine.

Meine Sprache ist zu arm, Mylord, Ihnen den Dank für Ihre Güte auszusprechen; ich kann nur den Himmel bitten, Sie zu segnen, und Ihnen zu vergelten.

Louison

(seine Hand küssend.)

Dank, heißen Dank, Mylord!

Lord.

Was thun Sie, mein Fräulein? Ist das Gefühl einen rechtschaffenen, würdigen Mann, den Händen eines Schurken entrissen, und den Seinen wiedergegeben zu haben, nicht ein so erhabenes, daß ich Ihnen danken soll, daß Sie mir Gelegenheit geben, dasselbe zu genießen?

Madelaine.

O, Mylord, Sie verstehen es eine edelmüthige Handlung auf eine Weise zu üben —

Lord (heiter.)

Lassen Sie das, Madame; und Sie, mein Fräulein, trocknen Sie Ihre Thränen. Ich gehe, oder besser noch, wir gehen Alle zusammen — mein Wagen wartet an der Ecke, in einer Stunde ist das Geschäft abgemacht, und wir holen unseren Gefangenen im Triumphe selbst ab. — Es ist Ihnen doch recht, meine Herrschaften?

Michonet (freudig.)

Parbleu! Ein famoser Einfall, Mylord — Sie haben Recht, ja, das wird dem armen Jacquard wohl thun; hei! und das lange Gesicht, das der boshafte Dummkopf Morié ziehen wird, wenn der Vogel ausgeflogen ist. Vorwärts, Kinder, macht Euch fertig! Ich brenne vor Begierde meinen Herzensfreund, den Vater meiner guten Louison zu umarmen. (Die Frauen werfen rasch ihre Tücher um.) O, Mylord! Das haben Sie vortrefflich gemacht! Fertig? Wie? Also vorwärts!

Lord (für sich.)

Welch treues Herz! (Laut, Madelaine den Arm reichend.) Sie erlauben, Madame!

Madelaine.

Zu gütig, Mylord. (Beide ab.)

Michonet

(faßt Louison unter den einen, Pierre unter den anderen Arm.)

Kommt Kinder! Heisa! Das soll eine Lust werden!

Pierre.

Hoho! Herr Michonet, Ihren Hut.

Michonet (lustig.)

Was da Hut! Ich muß meinen Kopf draußen abkühlen, er brennt mir vor Freude! Vorwärts! Vorwärts!

(Ab mit den Beiden.)

Verwandlung.

(Zimmer im Schuld = Gefängniß.)

(Rechts Fenster. Während der Scene dämmert ganz allmählig der Abend herein, so daß es bei dem Feuerschein am Schluß der Scene ziemlich dunkel geworden ist.

6. Auftritt.

Jacquard

(am Tisch sitzend, das Haupt aufgestützt, in tiefen Gedanken.)

Zwei Tage — zwei ewig lange Tage sind vorüber und noch keine Erlösung! Erlösung? Woher sollte sie kommen? Wer wird dem Bettler Jacquard eine Summe leihen wollen, die er vielleicht in Jahren nicht wiedererstatten kann? Niemand! — Und so muß ich denn hier verweilen in Verzweiflung — bis ich wahnsinnig werde. Ja, ich fühle es, der Wahnsinn ist mein Loos. Mein Kopf glüht — meine Gedanken verwirren sich, sobald sie in die nächste Zukunft hinüberschweifen. O mein Weib — meine armen Kinder! Was soll aus Euch werden? — — Das die Frucht all meines Ringens und Kämpfens —

das der Preis eines geopferten Lebens? Dieses mein Ende?
(Nach einer Pause, bitter lachend.) Und weßhalb nicht? Es ist das
Loos von meines Gleichen. (Wie träumend.) William Lee starb
an gebrochenem Herzen fern von seinem Vaterlande — Hargreavs
als ein Narr im Armenhause zu Nottingham — Jacquard
endet als ein Bettler im Schuldgefängniß zu Lyon. (Sich erhebend.)
Ja; aber die Erfindungen der Beiden überlebten sie doch — sie
wurden Wohlthäter der Menschheit, und ihr Nachruhm umgibt
ihre bescheidenen Gräber mit unvergänglichem Strahlenschimmer.
— — Wie, wo ist die Ergebung in mein Schicksal, die ich
mir so lange bewahrt? Sah ich denn nicht voraus, daß Alles
so kommen würde? Und jetzt da es ist, will ich verzweifeln —
verzagen wie ein Knabe, dessen Jugendpläne das Schicksal mit
rauhem Hauche zertrümmert? — Nein, nein, mein Herz; halte
aus; nur eine Weile noch halte aus, und es wird noch Alles
gut. Ich werde frei werden — ich werde nochmals in die
Schranken treten, und es muß — es muß ja endlich gelingen.
(Einige Schritte auf und ab gehend.) O ich will nicht länger
zagen — nein, besser nützen will ich die Zeit — ich will
arbeiten, zeichnen, studiren! Wer weiß, ob ich nicht hier den
Gedanken festhalten kann, der mir seit Monaten schon vor der
Seele schwebt. Ja, ich will es versuchen. (Setzt sich zum Tische,
auf welchem das Zeichenmaterial. Man hört außen Lärm und Geschrei.)
Was ist das? Welch ein Lärm auf dem Platze unten? (Legt
den Stift weg.) Es ist auch schon zu trübe zur Arbeit. Ich
will das Licht erwarten. (Tritt an das Fenster.) Sieh da, man
versammelt sich vor der Thüre des Gefängnisses. Doch was
soll das? Es sind meistens Weber — Nicole — Martin —
Antoine — lauter bekannte Gestalten! Was haben sie vor?

Eine Stimme unten.

Ruhig, Leute, ruhig! Hört, was man Euch mittheilen
wird!

Mehrere Stimmen.

Ruhig! Meister Nicole wird reden.

(Stille.)

Nicole.

Freunde! Nachbarn! Man hat Euch hier zu einem ganz besonderen Feste geladen. Jacquard, der große Erfinder, der sich unsterbliche Verdienste um die Seidenweberei erworben, hat seinen neuen Palast hier bezogen, welchen er sich von den Reichthümern erkaufte, die er mit der neuen, berühmten Maschine erworben hat.

(Gebrüll und Gelächter.)

Jacquard.

Mein Gott! Was ist das?

Nicole.

Ruhig, Nachbarn, und hört weiter! Da er jetzt so vornehm geworden ist so hat er für seine Tochter um die Hand des jungen Paul Morié, des Sohnes unseres größten Fabrikanten, des reichen Etienne Morié, gefreit, und dieser wird sich glücklich schätzen, so schnell wie möglich der Schwager des großen Mannes zu werden.

(Geschrei: „Hurrah!" „Hoch das Brautpaar!" „Hoch der große Jacquard!"
„Hahaha!" „Hahaha!")

Jacquard.

Teuflische Bosheit! Mein Gott! Mein Gott! Bin ich denn wahnwitzig, oder sind dies wirklich meine Mitbürger, welche mich so verhöhnen?

Nicole.

Zur Feier der Verlobung wird man jetzt das Palais Jacquard's festlich beleuchten. Seht hier den Scheiterhaufen, und dort bringt man eben den Hauptbeleuchtungsstoff, die unsterbliche Maschine, welche alle Handarbeit abschaffen und die ganze Innung brodlos machen soll. In's Feuer mit ihr! In's Feuer!

(Wüthendes Geschrei: In's Feuer — in's Feuer! Nieder mit Jacquard!
Hoch Morié! Nieder! Hoch! Während des Tumultes erleuchtet lang-
andauernder Feuerschein das Gemach Jacquard's, in welchem es
jetzt dunkel geworden ist.)

Nicole.

Jetzt kommt, Freunde, zur Schenke! Ich bezahle heute für Alle!

(Geschrei: „Hoch, Meister Nicole, Hoch!" Verhallt in der Ferne.)

Jacquard

(starrt wie abwesend eine Weile in die Flammen, dann taumelt er vom Fenster hinweg und fällt bei dem Sessel in die Knieen.)

Das ist zuviel — zuviel, für eines Menschen Herz! Das hab' ich nicht um sie verdient — das nicht. (Lange Pause; das Feuer erlischt langsam; Jacquard erhebt sich mühsam.) So entstellt man meine redlichen Absichten — ich sie broblos machen — ich, der sie Alle so gerne glücklich sehen möchte! Das ist traurig — und hier — hier — (auf sein Herz deutend) da liegt es, wie ein ungeheurer Alp, dessen Last mich erdrückt. (Man hört in weiter Ferne, die Abendglocke läuten. Bei ihrem Klange erhebt Jacquard langsam das Haupt und tritt an das Fenster.) Doch ruhig, ruhig, Seele! Ich will auch dieses überwinden. — Man hat mich einst in den Gypsbrüchen von Bugey um meinen Lebensunterhalt arbeiten lassen — es war so große Schmach, als man mir jetzt gethan. — Ihr habt meine Maschine vernichtet, die Euch Allen zum Segen werden sollte — aber Ihr könnt die Liebe zu dem Werke nicht vernichten — das ich mir als die Aufgabe meines Lebens gesetzt — als das Ziel gesetzt habe, nach dem ich ringen will, bis ich dies müde Haupt zur Ruhe lege. Der Tag wird kommen, verblendetes Volk, wo du die Stunde bereuen wirst, in welcher du ein Herz so schwer verwundet, das nur deinem Wohle schlug; das Herz des Mannes, der sich sein ganzes Leben lang unter Kummer und Sorgen abgemüht, die Wunden zu heilen, die dir Armuth und Elend — Wucher und Ungerechtigkeit geschlagen haben. Ich aber sage: Wie du willst, Herr! Mag ich zu Grunde gehen; wenn nur mein Werk zu derer Wohl erblüht, die jetzt so schwer verkennen, daß ich es zu ihrem Heile geschaffen! (Bleibt in Gedanken versunken am Fenster stehn.)

6*

7. Auftritt.

Jacquard. Michonet, später Madelaine.
Louison, Pierre, Lord, Schließer
(mit einer brennenden Lampe.)

Michonet
(den Kopf durch die Thüre steckend.)

Darf man eintreten?

Jacquard
(rasch sich umdrehend.)

Michonet — mein guter Michonet! So spät noch — o habe Dank, Dank!

Michonet.

Ja, ich mußte Dich nochmals sehen.

Jacquard.

Du kommst mir wie ein Engel des Himmels!

Michonet.

Ein Engel? Parbleu! Viel Ehre! Aber da draußen sind die eigentlichen Engel — soll ich sie einlassen?

Jacquard.

Da draußen? Wer? Was hast Du doch? Du bist so heiter!

Michonet.

Was ich habe? Das sollst Du gleich sehen. (Oeffnet die Thüre.) Nur herein — Alle herein!

(Die Obigen treten ein; Lord bleibt im Hintergrunde. Es wird hell im Zimmer.)

Louison und Pierre.

Vater, lieber Vater!   (zusammen, indem sie auf ihn zueilen.)

Madelaine.

Mein Charles!

Jacquard.

Meine Kinder — Madelaine — dieser Besuch, so spät noch — was hat das zu bedeuten?

Louison.

Du bist frei.

Pierre.

Frei, Vater, frei!   (zusammen.)

Madelaine.

Du bist uns wiedergegeben.

Jacquard.

Frei, sagt Ihr? Mein Gott ist es denn möglich? Meine Kinder — Frau — Michonet — ist es wahr?

Michonet
(sich die Augen wischend.)

Es ist, mein Freund — weiß der Guguck, das Licht blendet mir die Augen — es ist, und hier steht der edle Mann, welcher die Anschläge Deiner Feinde zu Schanden gemacht.

(Er deutet auf den Lord, welcher im Hintergrunde mit tiefer Rührung der Scene zusah.)

Jacquard
(in höchstem Erstaunen.)

Wie? Mylord? Seh' ich recht? Sie, sie wären es —

Lord
(tritt zu Jacquard und reicht ihm beide Hände.)

Schließer.

Ja, Herr Jacquard; dieser Herr hat den Betrag Ihrer Schuld deponirt, und ich bin somit befugt Sie augenblicklich zu entlassen.

Jacquard.

O, Mylord, das ist zuviel! Das kann ich Ihnen niemals danken.

Lord.

Lassen Sie das, mein wackerer Freund! Sie so nennen zu dürfen, das ist ja der schönste Lohn für das Wenige was ich gethan. Das selige Bewußtsein in mir zu tragen, dem edelsten, schwergeprüftesten Bürger Frankreichs einen Dienst erwiesen zu haben, es wird mich stets erfüllen, so oft ich Ihrer gedenke. (Auf Michonet deutend.) Hier, diesem braven Manne danken Sie Alles — er war der Tröster Ihrer Familie — er gab mir Gelegenheit Ihre unwürdige Gefangenschaft zu enden.

Jacquard
(umarmt Michonet.)

Mein guter Michonet!

Pierre.

Jetzt soll er nur kommen, der alte boshafte Kerl — wir wollen ihm unter die Nase lachen, nicht wahr Vater? Ihm und seinem Strohkopf von Sohn!

Madelaine.

Stille, Pierre, nichts dergleichen.

Jacquard.

Tragen wir ihm keinen Groll nach; überlassen wir es vielmehr der Zeit ihn zu belehren, wie ungerecht er eine Familie gekränkt, die ihm nie Etwas zu Leide gethan. O meine Freunde, Ihr wißt ja noch nicht Alles! Wenige Augenblicke vor Eurer Ankunft war ich Zeuge einer mir bereiteten Scene, welche mich an den Rand der Verzweiflung gebracht haben würde, hätte nicht der Gedanke, wie unverschuldet ich Alles dieses leide — der Gedanke an eine bessere Zukunft mich mühsam aufrecht erhalten. Aber ich fühle es, noch einen solchen Sturm und —

Louison (rasch.)

Was ist es, Vater? Erzähle!

Michonet.

Gewiß eine neue Bosheit des alten Schurken!

Lord.

O sprechen Sie, mein Freund!

Jacquard.

Ich zweifle nicht daran, daß die Geschichte von Morié herrührt. Ein Haufe Volkes — meistens Seidenweber, darunter meine nächsten Nachbarn, versammelten sich hier unten auf dem Platze, schmähten mich und meine Arbeit mit höhnenden Reden, beschuldigten mich des Ruines der Handarbeit und — — o, laßt mich es nicht aussprechen.

Alle.

Und —?

Jacquard. (erschüttert.)

Verbrannten vor meinen Augen einen meiner Webstühle; denselben Webstuhl, welchen ich zuerst gefertigt, und einst Morié zur Probe überlassen hatte.

Michonet.

Welch teuflische Bosheit!

Lord (für sich.)

O armer Mann!

Madelaine und Louison
(zu ihm eilend, umarmen ihn schweigend.)

Jacquard.

Doch es ist vorüber, meine Lieben; und sie werden vielleicht Alle noch zur Besinnung kommen. Kommt jetzt; laßt uns diesen traurigen Aufenthalt verlassen — ich sehne mich nach meiner Häuslichkeit, (lächelnd) obwohl ich, offen gestanden, nicht im Mindesten hoffte, sie heute noch zu genießen. (Auf den Lord zueilend und dessen Hand fassend.) O Mylord, Ihnen danke ich das unschätzbare Glück meiner Freiheit — und ich bin stolz darauf, solch edlem Manne verpflichtet — so hoch verpflichtet zu sein. Was die Schuld betrifft — —

Lord (rasch,)

Sprechen Sie davon nicht, mein Freund; stören Sie die Harmonie dieser glücklichen Stunde nicht mit solchem Mißklange. Lassen Sie uns Freunde sein — Freunde im vollsten Sinne des Wortes.

Jacquard.

Ewig der Ihre, Mylord.

Lord.

Und nun kommen Sie, meine Herrschaften. Mein Wagen bringt uns in das Hôtel, wo ein kleines Mal uns noch einige Stunden vereinigen soll. Leider rufen wichtige Geschäfte mich in die Heimath zurück, und nöthigen mich mit dem frühesten Morgen schon abzureisen. Lassen Sie mich die letzten Stunden noch in Ihrem lieben Kreise verbringen -- schlagen Sie mir diese Bitte nicht ab.

Jacquard

Sie ehren uns durch diesen Wunsch, Mylord. — Kommt Kinder laßt uns gehen.

8. Auftritt.

Vorige. Schließer.

Schließer.

Sie entschuldigen, meine Herrschaften, daß ich störe, allein es wünschen drei Mitglieder des Rathes Herrn Jacquard in bringender Angelegenheit heute noch zu sprechen — Herr Morié ist unter ihnen, er sagte die Sache leide durchaus keinen Aufschub —

Jacquard (erstaunt.)

Drei Mitglieder des Rathes — jetzt zur Abendzeit?

Madelaine.

Mein Gott — sollte ein neues Unglück — ?

Lord.

Seltsam!

Schließer.

O nicht doch, Madame; mir scheint eher das Gegentheil — es sind viele Bürger mit Ihnen gekommen —
(Tumult unten: „Wir wollen ihn sehen, den braven Mann" — „er ehrt die Stadt" — „er soll frei sein!")
Da hören Sie selbst; soll ich sie herauflassen?

Michonet.

Freunde! Mir ahnt Etwas Gutes! Gebt acht, ich habe Recht! (Zu dem Schließer.) Herauf mit ihnen — mit den Bürgern — mit der ganzen Stadt, wenn es sein muß. (Schließer ab.) Paßt auf, es wird Licht! (Reibt sich vergnügt die Hände.) Mir scheint der Tag endet fröhlicher als er begonnen hat.
(Geschrei: Hoch der brave Jacquard, Hoch!)

9. Auftritt.

Vorige. Morié. Zwei andere Stadträthe. (Alle drei im Amtsornat.) Zwei Schreiber, (ein Portefeuille und ein Schmuckkästchen mit der Medaille tragend.) Bürger (drängen sich nach und füllen den Hintergrund.)

Morié
(in höchster Verlegenheit.)

Meine Herrschaften — es freut mich unendlich, Sie hier

so hübsch beisammen zu finden —— vermuthete gleich, da die
Wohnung leer stand — ich bedaure nur unendlich, daß an
diesem Orte mein Freund Jacquard —

Michonet.

Ihr Freund? Parbleu! Das erste was ich höre!

Morié.

O er war immer mein Freund — nur ein unglückliches
Mißverständniß — allein es soll sofort Befehl gegeben werden,
daß er auf freien Fuß gesetzt wird — wie gesagt ein Irrthum —

Michonet.

Er ist schon frei, Gott sei Dank, mein guter Herr; und
Sie können die 1500 Franken auf dem Büreau des Gefängnisses in Empfang nehmen. — Oho, er kann seine Schulden
noch tilgen — wenn er Ihnen auch nicht zu Willen thut —
und seine Tochter Ihrem Sohne an den Hals wirft.

Nicole
(sich vordrängend.)

Wie? Was ist das? Ihr habt mir die Geschichte ja
ganz anders erzählt, Meister Morié?

Morié
(sich die Stirne wischend.)

Irrthum — Mißverständniß — mein guter Nicole. (Leise.)
Haltet doch das Maul, Ihr Dummkopf!

Nicole (grob.)

Dummkopf? Wer ich? O ich bin nicht so dumm.
Darum also habt Ihr uns Geld gegeben, daß wir den Webstuhl
des braven Jacquard verbrennen sollen? Saubere Mißverständ-
nisse das!

Bürger
(durcheinander rufend.)

Und der sitzt im Stadtrath! Das wollen wir nicht!
Nein! Fort mit ihm!

Jacquard.

Laßt das Ihr guten Leute. Zur Sache, mein Herr!

Morie.

Jawohl, zur Sache! Der Rath hat mich, als Aeltesten der Weberinnung, der Ehre gewürdigt, Ihnen, würdiger Mann, die Entschließung des Preisgerichtes in Paris, sowie das allergnädigste — —

Michonet (lustig.)

Aha, dachte ich es doch gleich! Viktoria, Jacquard! Viktoria!

Die Uebrigen.

Des Preisgerichtes?

Morié.

Jawohl, des Preisgerichtes — sowie das allergnädigste Schreiben unseres gnädigen Kaisers, welches Ihnen, würdiger Mann — (wischt sich wiederholt die Stirne.) Mit einem Worte, hier lesen Sie — (Ueberreicht ihm die beiden Schreiben.)

Jacquard
(öffnet das erste Schreiben. Alle drängen sich um ihn. Er liest:)

„Die Gesellschaft zur Hebung der vaterländischen Industrie „in Paris, an Herrn Charles Jacquard, Seidenweber „und Mechaniker in Lyon! Wir rechnen es uns zur Ehre „Ihnen die erfreuliche Mittheilung machen zu können, daß bei „der Entscheidung über die eingesandten Lösungen der von uns „gestellten Preisaufgabe: Erfindung einer vereinfachten Vor= „richtung zur Anfertigung größerer Fischernetze, die Preisrichter „einstimmig Ihrer Lösung den ausgesetzten Preis — die große „goldene Medaille für Kunst und Industrie, und eine Summe „von 5000 Franken zuerkannt haben. Indem wir Ihnen Beides „übersenden, fügen wir zugleich Ihre Ernennung zum Ehren= „Mitglied der Gesellschaft bei, und würden uns glücklich schätzen, „wenn wir Sie künftig den Unsrigen nennen dürften. Seine „Majestät der Kaiser haben besonders anzuordnen geruht, daß

„Ihnen diese Auszeichnung sofort durch drei Mitglieder des
„Stadtrathes von Lyon eröffnet und zugleich anfolgendes Hand=
„Schreiben seiner Majestät übergeben werde.

Mit ausgezeichneter Hochachtung
der Präsident."

(Die Räthe überreichen ihm das Portefeuille mit den Banknoten und die
Medaille. Freudige Bewegung unter den Anwesenden.)

Bürger (tumultarisch.)

Hoch Meister Jacquard! Hoch!

Madelaine
(fällt ihm um den Hals.)

O mein theurer, guter Mann!

Pierre und Louison
(zu ihm eilend.)

Welches Glück, lieber Vater.

Michonet (jubelnd.)

Nun — Madame — Louison — Jacquard! He! Was
sagte ich immer? Hatte ich Recht? Wie?

Lord
(drückt ihm die Hand.)

Meinen herzlichsten, innigsten Glückswunsch.

Jacquard (gerührt.)

Dank! Dank! Meine lieben Freunde!

Louison.

Aber das Schreiben des Kaisers, Vater!

Alle.

Ja, das Schreiben des Kaisers! Laßt hören.

Jacquard (liest:)

„Mein Herr! Ehre dem braven Bürger des Vaterlandes! Ihre Lösung der Preisfrage ist vortrefflich — vortrefflicher aber noch Ihr neuer Webstuhl, dessen Segnungen ich gerne in ganz Frankreich verbreitet sehen möchte. Ich berufe Sie daher nach Paris. Sie werden Ihre Wohnung in dem Conservatoire für Kunst und Industrie nehmen, und ein Jahres-Gehalt von 3000 Franken, den ich Ihnen von heute an gewähre, mag Ihnen gestatten in Muse Ihrer edlen Beschäftigung zu leben.

Es grüßt Sie

Napoleon
Kaiser der Franzosen.“

Bürger (tumultarisch.)

Hoch der Kaiser! Hoch der brave Jacquard! Hoch seine ganze Familie!

Jacquard.

Meine Kinder — das ist zu viel — so rasch am Ziele aller meiner Wünsche — mein Gott — ich — — (er sinkt dem Lord und Michonet, welche rasch herbeieilen, in die Arme.)

Madelaine.

Um Gotteswillen! Charles! Mein Charles!

Louison und Pierre
(knieen bei ihm nieder.)

Vater, lieber Vater!

Madelaine.

Charles, mein lieber Mann — erhole Dich!

Lord.

O beruhigen Sie sich, Madame. Es war nur die Freude, welche ihn einen Augenblick übermannte. Sie sehen es ist schon wieder vorüber.

Jacquard

Nun, Mylord; erinnern Sie sich jetzt dessen, was ich Ihnen einst sagte: „Es wird eine Stunde kommen, wo mein Vaterland erkennen wird, welcher Art die Bemühungen seines Sohnes Jacquard gewesen." Die Stunde ist da, und sie wiegt alles vergangene Leid tausendfach auf. (Lord drückt ihm die Hand.) Ihr aber meine lieben Kinder, Ihr sollt jetzt so glücklich werden, wie Ihr es verdient, und auch Du mein gutes Weib, die Du Noth und Elend treulich mit mir trugst. (Reicht ihnen die Hände.)

Nicole (naht beschämt.)

Nachbar Jacquard, was wir vorhin da unten — —

Jacquard
(ihn rasch unterbrechend.)

O stille, stille, Nichts mehr davon. Die Flammen da unten sie waren ja die Morgenröthe einer bessern Zukunft, und Alles, Alles ist jetzt gut.

(Schlußgruppe.)

(Der Vorhang fällt.)

www.ingramcontent.com/pod-product-compliance
Lightning Source LLC
Chambersburg PA
CBHW020037030726
47499CB00007B/2469